遥远的土豆花

肖复兴 著

山东城市出版传媒集团·济南出版社

图书在版编目（ＣＩＰ）数据

遥远的土豆花/肖复兴著. —济南:济南出版社，
2022.1

（肖复兴写给青少年的成长书）

ISBN 978－7－5488－4902－5

Ⅰ.①遥…　Ⅱ.①肖…　Ⅲ.①散文集—中国—当代
Ⅳ.①I267

中国版本图书馆 CIP 数据核字（2021）第 274724 号

YAOYUAN DE TUDOUHUA

遥远的土豆花　　　　　　肖复兴　著

出 版 人　崔　刚
图书策划　史　晓
责任编辑　史　晓　张冰心
特约编辑　陈　新　刁彦如
封面设计　薛　芳
出版发行　济南出版社
地　　址　济南市二环南路 1 号（250002）
印　　刷　济南新科印务有限公司
版　　次　2022 年 1 月第 1 版
印　　次　2022 年 1 月第 1 次印刷
成品尺寸　165mm ×230mm　16 开
印　　张　9.5
字　　数　98 千
印　　数　1－10000 册
定　　价　49.50 元

（济南版图书，如有印装错误，请与出版社联系调换，电话：0531－86131736）

自　序

如今，我国的儿童文学很是繁荣，出版的各类图书琳琅满目，其中多的是绘本、童话和小说。儿童文学中的散文，远不如上述三类书繁多和活跃。而散文中，校园散文更是不多。

其实，以我自己的成长体会和经验看，散文恰恰更适合最初接触文学的孩子们阅读，尤其是对于告别了童话年代的孩子而言，散文是首要的选择，小说应该在其后，这样才符合孩子成长的特点和阅读阶梯的规律。在散文中，校园散文因和孩子的生活最贴近，便更适合孩子阅读。

也许，是我的见识浅薄、经验有限，我读中学的时候，在描写校园生活的散文中，我喜欢两位作家：韩少华和李冠军。我曾经整篇抄下了韩少华的《第一课》《寻春篇》《九月一日》，这几篇文章写的都是校园生活。他以优美的文笔、美好的心地书写校园生活，让我感动并联想起自己所熟悉的校园以及校园里的老师和同学。在抄写这些散文的时候，每篇散文的题目，我都特意用红笔写成美术字，留下了少年时幼稚却真挚的心迹，至今犹存。

我也买过李冠军的散文集《迟归》，这本很薄的小书让我爱不释手，一连读了好几遍。 书中的散文全部写的是校园生活，里面所写的学生和我的年龄差不多大，所写的老师和我熟悉的人影叠印重合，让我感到那样亲切。 我也曾经抄录过书中的《迟归》《夜曲》《共同的心愿》《球场外的掌声》等多篇文章，几乎伴随我整个中学时代。

可以说，是韩少华的那些散文和李冠军的这本散文集，让我热爱校园，热爱学习，迷上读书，进而学习写作。 可以说，是他们的散文帮助了我的成长，滋润了我的情感，让我对校园的生活充满热爱，也对校园外的世界充满向往。

也可以说，中华人民共和国成立以来，李冠军和韩少华是校园散文的开创者，迄今为止，还没有人如同他们二位一样以散文的形式认真而专注地书写现在进行时态的中学校园生活。

是的，文学的品种有很多，除散文，还有诗歌、童话、小说、戏剧、评论等。 但是，我还是想再一次强调，在一个孩子最初的阅读阶段，还是应该有侧重、有选择的。 走出童年的童话和绘本阅读，散文是适合少年时代阅读的文体之一。 散文，尤其是和校园生活相关联的散文，因其内容令孩子们感到熟悉、亲切，更便于孩子接受；因其篇章短小而精悍，更便于孩子吸收。 无论是对于培养孩子的阅读和写作能力，还是培养孩子的审美和认知能力，或是提高孩子的智商和情商，尤其是情商，这样的散文都具有其他文体起不到的独特作用。 散文是孩子成长路上的一个亲切的伙伴，就像能够照见自己影子和心情的一面镜子，是能够量出自己长没长高的一种很有意思的参照物。

想起我的少年时代，如果没有最初与韩少华和李冠军的邂逅，当然我也一样可以长大，但我的少年时代该会是缺少了多么难忘的一段经历和多么难得的一种营养啊！我和他们在散文中激荡起的浪花，是那样湿润而明亮。那段经历，洋溢着只有孩子那种年龄才有的鲜活生动的气息。在那样文字的吹拂下，会让自己的情感变得细微而柔韧，善感而美好，如花一样摇曳生姿，如水一样清澈见底，如校园一样充满对未来的期待。

我写散文多年，写过《永远的校园》《校园记忆》等多篇校园散文，一直想编一本自己的校园散文集，一是想向韩少华和李冠军致敬和表达怀念之情；二是希望以过来人的身份送给孩子们一份校园的礼物。如今，我们的孩子得到的礼物有很多，但这样一份属于校园散文的礼物，应该说还是比较少的。多的就不去凑热闹了，但少的，还希望自己能精心编选，以此表达对孩子的一份心意。

非常感谢济南出版社成全了我多年来的这一心愿。责任编辑史晓建议编成两册，她的建议很好，一分为二，薄厚适当，更方便孩子阅读。现在，在和责任编辑的共同切磋和努力下，编成了这样两本小书：《等那一束光》《遥远的土豆花》，送给在学校学习的孩子们，希望你们喜欢，也希望你们批评，更希望在你们成长的路上，这两本小书能为你们吹拂两股虽不大却清新的风，助力你们快乐健康地前行。

2021 年 9 月 15 日写于北京

目 录 / MULU

第一辑

永远的校园

永远的校园

我离开校园的时间已经很长了。 我是 1982 年大学毕业，留校教了 3年的书，而后自以为是要闯荡更广阔的生活，那样毅然离开校园的，算算至今已有 14 个年头了。 在我人生的 52 年中，我上了 16 年的学，当了大、中、小学的老师 10 年，一共 26 年，校园生活占去我人生的一半还要多一点。 可见，校园刻印在我的生命里，而我却离开了它。 我常想起校园，常责备自己当初那样的选择是不是对校园的一种背叛。

我是恢复高考制度后的第一批大学生。 1978 年的冬天，我到中央戏剧学院报到，属于"二进宫"。 因为我在 1966 年时就考入了这所学院，但"文化大革命"的爆发让我和它阔别了 12 年，也和校园阔别了 12年。 当我重新回到校园时，已经 31 岁了，虽然年龄有些大，但我感觉自己还是那样年轻，这种感觉来自我自己，也来自校园。 我总想起报到的那一年冬天，躺在宿舍的二层铺上睡不着觉时，听窗外白杨树被寒风吹得萧瑟的声音；我总想起第二年的春天，一眼望见校园里的藤萝架上缀满紫嘟嘟的花瓣的情景。 我第一次走进这所校园参加考试时，就是先看见这一架有紫嘟嘟花瓣的藤萝的，那时我才 19 岁。 重现的旧景旧情往往能使人产生幻想，以为自己和校园都依然像以往一样年轻。 实际上，我和校园都已经青春不在了。 尤其是逝去的岁月并不是在校园里流淌，而是渗进荒芜的北大荒的黑土地里，校园里没有留下我的足迹，校园只给予我一个伤痛的符号。

那时候，我才真正地对校园产生一种珍惜之情。校园对于一个人的青春何等重要，是任何别的地方、别的事物都无法取代、无可比拟的。如果说青春是一条河，那么，这条河流淌过的树木芬芳、草丛湿润的两岸，应该大部分属于校园。在我失去了校园 12 年之久、31 岁青春只剩下个尾巴的时候，才体味出校园对于一个人生命的意义，就像一位诗人曾经说过的："失去的才懂得珍惜，拥有的总不在乎。"

记得刚刚入学的时候，无论在校园内还是在校园外，我总要把那枚白底红字的学生校徽戴在胸前。其实，按照我当时的年龄，应该戴老师的那种红徽章才是，戴这种白校徽和我的年龄不相符合，颇有些范进中举式的可笑。但我还是戴了好些日子，它让我产生对校园的亲切感，也让人知道我的那份与校园同在的自豪感。

如果问我这一辈子什么最让我留恋，那就是校园。离开校园之后，这种感情与日俱增。在以后的日子里，偶然之间，我也曾到过一些校园，或者说校园闯入了我的生活，更让我涌出一种故友重逢、他乡遇故知的感觉。其中，最让我难忘的有两次：一次是到厦门大学，一次是到天津大学。

我的一个学生在厦门大学读书，她陪我参观了整个校园，鲁迅先生的雕像，陈嘉庚先生资助建造的体育场、教学楼、实验楼……到处是年轻学生青春洋溢的脸，到处是南方特有的高大葳蕤的树，到处是亚热带的奇异芬芳的花。青春时节像是一只鸟或是一粒种子，能够在这样的环境里飞翔或种植，该是多么美好和适得其所。

她带我推开礼堂的大门，偌大的礼堂里空荡荡的、静悄悄的，只有台上亮着灯，几个老师和学生在布置舞台，大概晚上有演出。这种安谧的气氛、空旷的空间，以及几粒橘黄色的灯光童话般地闪烁，没有喧嚣，没有纷扰，只有门外蓝得像水洗了一般的高远浩渺的天空，还有那流动着的湿润，带着树木的清香，弥漫在身旁。这些都是只有校园才会拥有的境界。只有在这里，一切才变得如此清新，心情才得以超凡脱俗地净化。若能够在这里再读几年书，该是多么好啊！青春的血液该像是被过滤透析一样，如清水般清澈。那一刻，时光倒流，我像又回到了学生时代。

那次去天津大学，是我到天津人民广播电台播送我的一部长篇小说，那么巧，电台的朋友把我安排在校园里住。我住进去时已是夜晚，住处四周被浓郁的树木包围着，林间有清脆的鸟鸣，不远处有明亮的灯光，间或能碰见几个正高谈阔论而迟归的学生，空气中没有那种在别处常有的煤烟味和烧菜的油烟味，只有弥漫着的淡淡的花香和潮湿的泥土的土腥味道。我知道这是只有校园才会喷发的气息，它让我感到熟悉，感到亲切，它和别处不一样，它有的只是这样的清淡和清新。

第二天清早，我漫步在校园的甬道上，一直走到主楼前的飞珠溅玉般的喷水池旁，我更体会到只有校园才会拥有的独一无二的氛围。我的妻子曾经在这所学校的化学系读书。我看着那么多年轻的学生，或捧着书在读，或拿着饭盒急匆匆地在走，或抱着球风一样地在跑，他们的身影消失在操场上、饭厅里或绿荫蒙蒙的树丛里、晨雾里，这让我很羡慕他们，我仿佛看到了当年妻子在这里当学生时的身影。

我想，如果能让我重返校园，无论是读书还是教书，我一定会比以前更珍惜、更认真。我当时真的这样想：还有什么地方能比校园更美好，更让人感动呢？也许是走过了一些别的地方，看到了一些不愿意见到的事物，才对校园别有一番情感吧；也许是校园本身相对清纯、清白一些而让人产生一种世外桃源的错觉吧，因为这个世界实在被污染得越来越严重了。同时，我也在想：青春真是一刹那，稍纵即逝。我眼前的这些可爱的学生一般只能在校园里待4年，即使读硕士、博士，也就7年或10年，他们很快都得离开校园，都要和我一样迅速被这个强悍的外部世界同化而变老。

那次，我在天津大学住了十多天，一直到把那部长篇小说的录音录完。十几个清晨和夜晚，我都在校园里和学生在一起，便也和校园外的喧嚣隔绝了十几天。我感受到久违的青春气息，虽然有些伤感和惆怅，但美好难再。后来，我把这部长篇小说命名为《青春梦幻曲》。

去年，我的儿子被保送到北京大学，学校要家长直接递送保送的表格，这使我第一次走进这个校园。未名湖、三角地、五四运动场、新建的图书馆……我都是第一次见到，却让我感到那样熟悉，仿佛以前在哪里见过。我知道只有校园才会让我涌出这种感觉和感情。绿树红楼、蓝天白云、微风荡漾的湖水、曲径通幽的甬道，还有那些虽不如街头纷至沓来的年轻人衣着时髦，但让我感到那样亲切的学生。我几次问路，学生们都是那样彬彬有礼地为我指出正确方向。然后，他们消失在绿荫摇曳的前方，于是，前方便一下子绿意葱茏而飘荡起动人的绿雾。这种感觉只有在校园里才会拥有，虽然我知道只要走出校园，这种感觉便会像惊飞的鸟一样荡然无存，但我仍然为这种瞬间的感觉而感动。 想想儿子就要在这样美好的校园里读书，我的心里漾起祝福，也隐隐有些嫉妒。 同时也在想，他能够和我一样，在经历了沧桑之后，对校园充满珍惜之情吗？

记得去年的一个星期天，儿子在学校复习功课，我去找他，特意带了相机。 这所有 100 多年历史的中学，也曾是我的母校。 儿子就要和中学时代告别，毕业离开它了，我希望给他留下几张照片作为纪念，也想和他一起同母校留影，留下校园的回忆。 校园里异常安静，有着百年历史的老钟还在，教学楼巍峨的身影依然，儿子像小鹿一样蹦蹦跳跳地跑下楼来，青春的气息和满园馥郁的月季芬芳一起在校园里洋溢。

32 年前，我和他一样大，一样高中毕业，一样青春洋溢，一样想从这个中学的校园蹦到自己心目中理想的大学校园……

我和儿子站在了教学楼前的校牌旁。 32 年了，校牌依旧，我和儿子一人站在它的一边，两代人的梦都在它的身旁实现。 照片会留下岁月和历史，留下深情和记忆。 即使我们都不在了，照片还在，校园还在，永远的校园会为我们的青春作证。

校训的力量

　　我的母校北京市汇文中学，2021年建校整整150周年。 记得10年前的秋天，天空中飘飞着霏霏细雨，我去参加母校140周年校庆的活动，看到当年的校训被制作成巨幅的木牌，放在了校园醒目的位置上，驻足观看并与之合影留念的新老校友很多。 中华人民共和国成立以后，曾经相当长的一段时间里，不怎么提这个校训，我在这里读书的时候，校训是用"德智体全面发展"作为替代的。

　　当年的校训是"智仁勇"。 1929年，蔡元培先生以《中庸》原句"好学近乎知，力行近乎仁，知耻近乎勇"题释之，并书赠汇文中学。如今，墨迹犹存，重新思索一番这一则老校训，我的心里有一种异样的感觉。 面对着这则校训，我不禁在雨中多站了一会儿，看了许久。

　　100多年过去了，这则校训依然具有鲜活的力量。 如果将蔡元培先生在这里提到的"好学""力行"和"知耻"，对应学校长期用以替代的"德智体全面发展"，可以发现，它们相近却又不同。 仔细比较两个校训的差异，不仅仅是词语的差别，更是办学理念和教育思想的差别。

　　长期以来，我们是把"德"放在第一位的，而蔡元培则把"学"放在第一位。 品德，对于学生而言当然至关重要，但在求学阶段，知识的学习是第一位的，品德的教育要蕴含在所有的学习之中。 也就是说，缺少必要的知识学习，"德"便很难学到并养成。这样的区别，让"学"和"德"不至于割裂，让德育不至于仅仅成为品德课和政治课的演讲或修辞，而和学生的实际生活相离太远。

对于"德智体"的要求，我们长期以来讲究的是"全面发展"，这是一个笼统的概念和标准。蔡元培则将这样的要求具体化，使其有了明确的目标，而这样的目标又是和中国传统文化密切关联的。

他将"学"的目标定位于"智"，即学习的目标不仅仅是为求得书本的知识和考试的成绩，更是要让自己成为一个头脑充满智慧的人。

他将"体"的目标定位于"仁"，即不囿于身体健康方面，而更强调在身体力行之中对于社会的作用和自己思想的成长。他所指的"仁"和孔夫子所讲的"仁"是一致的，这是中国社会经久不衰追崇的一种精神品格和理想。

他将"德"的目标定位于"勇"，指的不仅仅是勇敢，更是一个人心理和性格的健康和健全，以及自身的坚强与自我的完善。

在这里，要特别强调一下的是，蔡元培将"德"集中在了"知耻"这一点上。当然，这和当时的历史有关。在当时半封建半殖民地的社会背景下，中国落后而遭受外侵和外侮，"知耻"需要拥有正视自己的勇气，但唯有"知耻"才能让自己看到和世界的差距，才能让自己警醒而奋起，从而立足于世界民族之林。

如今的新时代，我们就不需要"知耻"的勇气和精神了吗？我们的经济长足发展了，但不等于我们的文化和精神随之一起发展。为了这经济的发展，我们所付出的代价是昂贵的，甚至有些方面是透支的，不要说自然环境的污染，大面积道德的滑坡就已经令人触目惊心。 如此，要求新一代的年轻人在校期间明示"知耻"这一点，难道不正当其时吗？ 关注社会，不满足于现状，不回避矛盾，敢于正视自己的问题，才是真正的"勇"，才有真正的力量。

记得校庆那一天，不少比我年轻的小校友，欢快得像小鸟一样纷纷跑过，站在这则老校训前合影留念。 年轻的脸庞、青春的身影和这则老校训交相辉映。 希望这则老校训不仅印在照片上，也能够刻在他们的心中，同时铭记在所有曾经在这所学校读过书的学子们的心上。

150周年的校庆就要到了，不知道母校会不会将这则老校训重新立在校园里。 希望它还能立在新建的漂亮的教学大楼的前面，立在唯一同母校一样拥有150岁年龄的那座青铜老钟的前面。

中学时代最露脸的一件事

初中和高中，我在汇文中学读书的 6 年时间里，干的最值得骄傲的一件事，发生在初二那年。 当时，曾引起全校不小的轰动。

那一年，学校教学楼的大厅出现了一面墙那样大的墙报，名叫《百花》，这是我们学校语文教研室的老师们办的。 把几块墨绿色的乒乓球台挂在墙上，上面贴满了一张张 400 字的稿纸。 稿纸上是用钢笔写的文章，有高年级学长写的，也有老师写的，还有我们学校的高校长写的。墙报上，有老师画的水粉画做的报头，还有不同栏目的分类标识，每篇文章的后面还有尾花，墙报的题目都是学校教大字课的闵仲老师（她当时是北京市著名的书法家）所写。 墙报上花团锦簇，非常醒目。

下课的时候，墙报前围满了同学和老师，大家都觉得新鲜。 我更觉得新鲜，感到这和报纸、杂志有些相似。 不同的是，这是学校语文组老师的杰作，读着更为亲切。 此后，学校定期更换墙报，每期的文章和报头都不一样，成为当时校园里的别致一景。

放学后，我趴在墙报前，将每期墙报的文章都从头到尾仔细看一遍。 高处看不清的，就踮起脚尖看；低处看不到的，就蹲下来看。 那些文章，因为都是高年级的学长和老师所写，水平自然挺高。 但是，佩服之后，我的心里又有些不平——怎么都是高年级的同学写的文章，就没有我们初中低年级同学写的文章呢？ 不平之后，我的心里又有些不服气——难道我们不会写文章吗？ 难道我们写的文章就一定比他们写得差吗？

　　那时，我是班上的宣传委员。 第二天上学，我和几个同学商量，《百花》不带咱们玩，咱们自己也办个墙报怎么样？ 大家立刻赞成，跃跃欲试。 马上，我找平常作文写得不错的同学写文章，也抄录在 400 字一张的稿纸上；大家都摩拳擦掌，想写得漂亮点儿，拿出最高水平来。我又找班上两位画画好的同学（我知道他们两位已经拜吴镜汀先生为师学画）负责画报头、栏目图和尾花；他们两人二话没说，立刻答应，回家准备材料。

　　文章写好交到我的手里之前，我让大家把文章的题目空出来，我想照葫芦画瓢，找毛笔字写得好的人帮助我们写题目。 我把厚厚一摞子稿纸带回家，让我父亲帮忙写楷书，他小时候练过几天楷书；又请邻居张大爷帮忙写隶书，他的隶书写得相当不错。

　　万事俱备，只欠东风，也得给自己的墙报取个名字呀！ 大家议论纷纷，我说："老师办的叫《百花》，咱们的就叫《小百花》，怎么样？"大家听后纷纷同意。 我们请班主任杨老师帮忙从学校里找了一块黑板，放学之后，大家一起动手，把一张张稿纸贴在黑板上。 别说，和《百花》一样，也有报头，有尾花，有栏目图，有毛笔字写的题目……沙场点兵一般，整整齐齐，五彩斑斓的。 大家站在远处观看，都为自己的劳动成果兴奋。

　　我们把我们的《小百花》搬到大厅，摆放在《百花》旁边的另一侧墙前。 不一会儿工夫，我们的《小百花》前就围上了好多同学和老师，大家纷纷啧啧地赞叹着。我知道，这不见得是我们的文章写得有多好，而是大家觉得挺新鲜的。而且这个《小百花》竟然出自初二小同学之手，有点儿初生牛犊不怕虎的意思吧，甚至有点儿打擂台的意思呢！

《百花》定期，我们《小百花》也定期。我被我们的班主任杨老师封为《小百花》的主编，她让我一定把墙报坚持办下去，说学校里的老师看了，都说不错，是好事，语文组的老师说还要写文章表扬你们呢！果然，后来在《百花》上贴出了由《百花》主编王西恩老师写的《为 < 小百花 > 鼓吹》的文章。

每期《小百花》搬到大厅，放学之后，我都会悄悄地躲在一旁，看有多少人在看，听他们的议论，我心里暗暗得意。有一次，我看见高校长也来了，他的眼睛高度近视，只好俯下身子，凑近前去，仔细地看，眼镜都快撞上黑板了。

以后好长一段时间，学校里的同学们都会说，我们学校有一个大《百花》，还有一个《小百花》，大《百花》是老师办的，《小百花》是学生办的。这件事几乎成为我中学时代最露脸的一件事。

校史展览室纪事

　　《小百花》在学校轰动之后，我在学校里有了点儿小名气。 我在《小百花》上写的文章，语文老师看后颇为重视，常常表扬我。 一个小孩子，得到老师的表扬，心里会来劲儿。 当然，小孩子也需要批评，但是，相比表扬，批评总会让孩子臊不答答的。 总得到批评和总得到表扬的孩子的心气，会拉开很大的距离。

　　那时候，我最爱上的课就是作文课。 每一次的作文，我都会在老师批改之后重新修改一遍，抄录在一本美术日记本上。 那本小学二年级从姐姐家里拿来的日记本，我一直没有舍得用，这时候派上了用场。

　　除了作文课上写的作文，我也会写一些自己想写的东西，甚至学习写大《百花》上高年级同学写的诗歌或小说。 我特意买了一瓶鸵鸟牌的纯蓝墨水，我喜欢这种颜色的墨水，我用它灌满我的钢笔，然后将文章抄录在那本美术日记本上。 我觉得只有这样纯蓝的墨水，才配得上这本漂亮的美术日记本。 我会像出《小百花》一样，将文章在日记本上编排得漂亮一些：我会用红墨水将每篇作文的题目写成美术字，也会在每篇作文的后面画上一点尾花作为装饰。

　　升入初三的时候，这本日记本上密密麻麻写着我的小字，像蚂蚁驮食物一样，积少成多，快填满了整个日记本。 这本日记本被我的班主任杨老师发现了。那时候，学校正在筹办校史展览，杨老师把我的这本日记本推荐给了学校，学校把它作为学生课外学习成果的展品，陈列在校史展览室里。展览室暂时设在学校一楼的会议室里。一连多日，同学们放学之后，都会到展览室里观看。有时候，外校的老师、区教育局的人也会来参观。一本普通的日记本居然能被作为校史的一部分展览，这并不是很多同学都有的荣誉，它成为我的骄傲。有时，我在那里看见有同学拿起这本日记本翻看，脸上露出赞许或羡慕的表情，并悄悄和别的同学交谈，虚荣心会让我隐隐有些激动。

有一天放学，班主任杨老师叫我，说负责校史展览的高老师找我，要我去他的办公室一趟。高老师教历史，但没有教过我，我不知道他找我有什么事情。我去一楼的办公室找到高老师，他是一个个子高高大大的老师。他很和蔼地让我坐下，然后告诉我，我的那本美术日记本在校史展览室里丢失了。高老师抱歉地对我说："真是对不起，我知道，日记本里抄录的全部都是你的作文，是你的心血。"

我很吃惊，日记本放在校史展览室里，每天都是人来人往的，而且老师下班后会锁上门，好端端的，它怎么会不翼而飞呢？我愣在那里，半天没有说出话来。

高老师说："我想可能是哪个同学拿走了。"他说完这句话望了我一眼，接着说："你想呀，肯定是他觉得你的日记本里的作文写得好，要不他怎么会拿走呢？要是这么看，你应该感到高兴才是，你的作文让别的同学羡慕，甚至嫉妒呢！"

高老师的这番话，我真的没有想到。他这么一说，刚才掠过心头的不快，像是被风吹跑了好多。

　　"或许，这个同学只是想拿回家好好学习学习，过几天，他看完了，就会悄悄地再把日记本送回来的。"最后，高老师这样说。

　　但是，过了几天，一直到校史展览结束，我的这本日记本也没有被人送回来。

　　高老师再一次把我叫到他的办公室，对我说："真的对不起你！但是，我想对你说，你千万不要灰心，一定还是要把你写的作文抄在新的日记本上，那是学习的成果，会对你帮助很大的。"

　　说完这些话后，他忽然话锋一转，对我说起了李时珍。当时，赵丹参与演出的电影《李时珍》刚放映不久，李时珍的模样在我的眼睛里就是赵丹的样子。

　　他问我："你知道李时珍的这个故事吗？李时珍写《本草纲目》的时候，要到深山老林里采集草药，一边采药，一边记录。一不小心，大风把他已经写好的好多页《本草纲目》书稿全都刮到山下去了，一页也没有了。但是，这样的挫折没有让李时珍灰心、放弃，他接着坚持写，终于写成了《本草纲目》。"

　　当时，我不知道该对高老师说些什么，只觉得这个老师真是挺能说的，挺能安慰人的。但是，他说得挺有道理，他安慰了我，也鼓励了我。这件事让我尝到了小小的挫折，也让我懂得了坚持。

第二次考试

对于我们这一代人来说，历史中的有些年头是很难忘记的，1978 年就是其中的一个。 那时，我在一所中学里已经教了 4 年书。 那一年的初夏，一天中午，我到学校的传达室接电话，不经意间看见电话机旁边有一张当天的《北京日报》，报纸的下方登载着中央戏剧学院的招生启事，因为有中央戏剧学院这几个字，一下子分外醒目。 中央戏剧学院，它又招生了？ 我的脑海里立刻显现 12 年前它招生时的情景，我走进它藏在棉花胡同里的校园，经过初试、复试后接到录取通知书，就要入学了，"文化大革命"降临了……往事历历，仿佛离去得并不遥远，就像在昨天刚刚发生的一样。

放下电话，我赶紧拿起这张报纸仔细看了起来。 中央戏剧学院这次招生的年龄范围是 18 岁至 31 岁，那一年我正好 31 岁，也就是说，如果再晚一年，我就会被拒之门外了。 它所设置的年龄范围多么好呀，恰恰把我们 1966 届"文革"前的最后一届高中毕业生包括在内了。

我知道机会不可能像夏日树上开的花朵一样，开完一朵接着还会有下一朵。

谁想到，教育局通知，凡在校教师此次报考大学只能报考师范院校，其他类大学一律不准报考，这无疑给我当头一棒。 我已经报名并准备复习考中央戏剧学院，况且这是我第二次考这所学院。我向学校一再申明这个理由，以及这个梦寐以求上中央戏剧学院"二进宫"的情结。但我又怕既然是教育局有规定，万一考上了真的不让上怎么办？我得做好另一手的准备，便又同时报考北京师范大学，准备参加全国的大学高考。因为它和中央戏剧学院的考试不在同一个时间，我可以一身赴两个考场。不过，全国高考要考外语和数学（当时外语只作参考不算分数），我得赶紧复习这两门功课。我报完北京师范大学的名之后，立刻跑到数学教研组，借来从初一到高三的所有的数学书，跑回自己的办公室，从初一的代数看起。真奇怪，虽然我已经整整12年没有摸过这些数学书了，但它们对我来说并不那么陌生，就好像会游泳的人，即使多年不下水，只要一下水，水依然对你亲切，会托浮着你的身子像一条鱼一样游动不止。我原来忐忑不安的心情消除了，中学阶段打下的良好基础帮助了我。不过一个半天，中午要吃饭的时候，我已经将初中3年的6本数学书全部看完了，我一下子对即将来临的高考充满了自信。

我先参加了中央戏剧学院的考试，考场设在鼓楼阴森森的门洞改造成的大房子里，大白天得亮着所有的灯，没有一扇窗户，只有一个大门敞开着。这让我有一种与世隔绝的感觉，鼓楼之外不远处就是车水马龙一片喧嚣，这些仿佛都不存在了，只剩下眼前这黑洞洞的门洞和一张张白晃晃的试卷。

全国统一高考是在一个多月之后。那天早晨，那么多年龄和我相差无几的人早早来到了考场。本该是上好几次大学都该毕业的年龄了，却才开始要考大学。我望着眼前密密麻麻的有了皱纹、有了白发的这一群人，像是出巢的蜂群在涌动着，有一种悲壮或者是苍凉的感觉。我才意识到该有多少人和我一样，错过了 12 年前考大学的青春季节。

那天阳光灿烂，但那阳光毕竟已不属于我们。 12 年前，我们是被称为"早晨八九点钟的太阳"的，现在，这太阳已经滑落在正午之后开始偏斜了。 而我们却要和一脸阳光灿烂的年轻人站在同一个起跑线上，同时步入大学的门槛。 我清楚地明白，我已经彻底地失去了青春。 人也许在失去青春的时候才会多少明白一些人生的道理并懂得珍惜，而在青春时节往往只会挥霍。 好不容易获得再一次考大学的机会，我要更加珍惜。 不管怎么说，在我的青春走到了尽头的时候，赶上了一个伟大时代的变迁，应该说这是我们这一代人不幸中的万幸。

我已经弄不清最后是不是区教育局网开一面，反正后来当中央戏剧学院的录取通知书先到来的时候，学校同意我去报到。 那一年大学入学时间很晚，一直拖到了 11 月，我便一直给学生上课到入学之前。 我记得上最后一节课时，学生们很安静，从来没有过的安静。 其实，在这所并不起眼的中学里，大多数学生并不爱上课，但那最后一节课，即使平常最调皮捣蛋的学生也格外守纪律。 望着那一双双明澈如水的眼睛，我很感动，眼泪竟然在眼眶里打转。

下课之后，我向老师们告别，然后离开了这所工作了 4 年多时间的校园。 当我骑着自行车要出校园门时，我下意识地回过头一望，我教过的那个班教室的几扇玻璃窗前，挤满了学生的面庞，他们正无声地望着我。 那一刻，眼泪真的掉了下来。

11 月的寒风正掠过北京的街头。 那是 43 年前 1978 年冬天的风。

教室的窗前

"人生不相见，动如参与商。"40多年没有相见的中学校友，想约星期天重回校园相聚。 那天，天气好得和40多年前一样，校园美丽得也和40多年前一样，只是我们各自两鬓飞霜，都已经老了。 校园具有魔力，让我们在重返青春年少的时候，许多逝去的遥远乃至被淡忘的记忆在校园里瞬间复活。 有人轻声唱起了那时候我们唱过的《水兵远航》和卡朋特乐队的老歌《Yesterday Once More》。

我提议回原来读书时三楼的教室里看看，大家都同意，纷纷登上三楼，楼梯在脚下响着40多年前的节拍。 正是暑假，没有学生的楼道清静得如同回放的默片，将时光倒流。 在逆光的影子里，我似乎能够看到那时候的我们踩着清脆的下课铃声，如同炸了窝的蜂群一样，在这楼道里疯跑着，水流一样向楼梯涌去。

40多年前，我们都还是一群稚气未脱的毛孩子。 上午第四节课，我们上得总有些心旌摇荡，谁都在蠢蠢欲动，都想在下课铃声打响的时候第一个冲出教室，或是第一个冲进食堂，那时我们的肚子总也填不饱，早就饥肠辘辘了；或是第一个冲进操场，那里有几个水泥做的乒乓球台，稍微一晚，就会被别人占领。 中午时分，我们再也不属于教室和书本，而属于食堂和乒乓球台。 那时的我们既要刻苦努力地学习，也要争分夺秒疯狂地玩!

那时，我们几乎都会时不时地把目光投到教室里那占据整整一面墙的一扇扇玻璃窗前。 我们教室的窗户都朝北，顺着窗户稍微偏西北的方向就是北京火车站，直线距离大约不到一公里。 我们能够清晰地看见北京站的钟楼，琉璃瓦的楼顶在正午的阳光下流光溢彩。

那时的中学生不像现在的学生几乎个个都有手表或手机，北京站的大钟就是我们公共的手表了。 虽然市声喧嚣，我们听不见大钟正点回荡的悠扬钟声，但是，大钟上的数字我们能看得清清楚楚。 在下课前的那几分钟内，我们都伸长了脖子（老师笑我们的样子是"长脖老等"，"老等"是北京人对鹤的称呼），眼睛都死死地盯在窗前，当时针和分针在12的地方会合的一刹那，校园里下课的铃声响了，我们会像听到发号令起跑的运动员，瞬间如同开闸的水奔涌出教室，毫无顾忌地把老师甩在身后。

教室的窗带给我们多少欢乐、多少向往。

如今，我们又回到了教室。 除了桌椅和黑板换了，教室没有多大的变化。 那整整一面墙的玻璃窗还是那样明亮，被小校友擦得格外明亮。我们都能找到自己原来的座位，但是，坐在座位上，再怎么如"长脖老等"一样抬头眺望窗外，也看不见北京站的大钟了。

其实，北京站的大钟依然还在那里。 我们看不见它，是因为在它和教室之间密密麻麻建起了许多座楼盘。 小区的名字都很好听，如幸福家园、新景家园、富贵园、枣园新居……都是十几层、二十几层的高楼，顶天立地，高过了北京站的钟楼，如同屏风一样挡住了我们的视线。

我忽然有些失落，因为在进教室前，我自以为还能如以前一样看得到那钟楼。　我却是那样低估了时光的力量，逝者如斯，时光如一个雕刻师，把人都雕刻得面目全非，怎么可能让记忆停摆而定格在 40 多年前呢？

　　只是许多遮挡我们眼睛的东西，往往是我们自己搭建起来而自以为是重要的。　我们不懂得留白，我们愿意把我们的生活搞得满满堂堂，就像把我们的房间塞满金碧辉煌的家具，以为那才叫作丰富。　于是，我们的眼睛越来越望不到远一点的地方了，我们的眼睛就这样变得越来越近视。

　　教室的窗前，我们再也望不见北京站那座金碧辉煌的钟楼了。

普林斯顿大学邂逅

星期天，赶上普林斯顿大学举行毕业典礼，我便赶去看热闹。 国外大学的毕业典礼确实如节日一般热闹，并不只是一个颁发毕业证书的大会而已。 它成了老少校友的一次聚会，就像我们这里的校庆。

普林斯顿大学的吉祥物是狮子，吉祥色是橙黄色。 于是，我刚进普林斯顿的 downtown（市中心），满眼便是橙黄色，无论是风中飘动的旗子，还是人们穿的 T 恤，都是这种耀眼的色彩，旗子和 T 恤上无一不印着威武的狮子。 这里早已是人流如鲫，大半城都是普林斯顿大学的人，我便忍不住想起过去的一句老话"听到国际歌就能找到自己的同志"，他们看到橙黄色和狮子，就能找到自己的校友。 只可惜我不是他们的校友，看他们犹如隔岸观火，就像看南非世界杯的足球比赛，再热闹，也是人家的。

在这群校友里，有很多老人，他们是从各地特地赶来的。 看着他们白发苍苍甚至老态龙钟的样子，我能够感受到他们对于母校的感情。 母校和母亲这个词是对应的，在英语里和祖国（motherland）这个词也是对应的，都是和母亲连在一起的。 这样的感情发自肺腑，的确是令人感动的。 我曾经想，把祖国和母亲联系在一起是对的，但把学校也和母亲连在一起，有这样的感情吗？ 那毕竟只是短短几年的时光而已，纵使再美好，短促的时间也如同一瞬的烟花。

普林斯顿大学的校园很大，但那一天却人满为患。校园内到处搭着的台子和棚子，是演出的地方和吃饭的临时场所。等我进到校园的时候，天色已近黄昏，人流渐渐散去，连教堂里的牧师都在人们的簇拥下踏着夕阳步出校园。像是大赛刚刚结束的球场，刚才的激情和欢腾还停留在草坪和树丛以及空荡荡的舞台上，随着那里跳跃的阳光一起闪烁着，成为不忍飘逝的回忆。我能够感觉到，刚才的时候，该是校园一年里最充满感情色彩的时刻。

就在这个时候，一位穿着橙黄色 T 恤、戴着棒球帽的老人迎面向我走来，问我现在几点了。我没有戴表，便问同伴，告诉了他时间。他道了声谢谢，似乎并没有要离开我们的意思，而是接着问我们是不是也是普林斯顿大学毕业的。我们告诉他不是，然后夸赞他说我们没有他这样的幸运，能够从这所名牌大学里毕业。他笑了，话头便由此引开，如长长的流水一般汩汩淌来。

我这时候才仔细看了他一下，他大约 60 多岁，个头很高，肌肉饱满、结实有力。我问他年轻时是否在学校里打过橄榄球。他点点头说是的，在大学里能够参加橄榄球校队是一种荣耀。然后他告诉我们，他在 20 世纪 60 年代从普林斯顿大学毕业，是学哲学的。那时候，只有一个工作机会，就是在内布拉斯加州教书。那时，那里非常荒凉，周围都是荒漠，没有什么人。

他做了一个摆手姿势，我不知道是表示无奈，还是表示那是一种值得骄傲的经历。在我的想象中，从这样一个名牌大学毕业的学生到那里工作，如同我们以前看的话剧《年轻的一代》里主角们奔赴柴达木，或者苏联曾经流行的一部名叫《远离莫斯科的地方》的小说中描写的情节。我一时无法理解他的内心，因为他将40多年的时光一下子跳跃了过来，他告诉我们，前不久他被调到新布朗斯维克一所中学里教心理学。我知道，新布朗斯维克就在附近，但我不知道他这40多年是怎样度过的。我也不知道，萍水相逢，他为什么要把自己几乎大半生的经历告诉几个陌生的中国人。

他似乎看出了我们的猜测，接着对我们说，毕业这么些年一直没有回母校，他今天以为能够碰到老同学，却一个也没有碰到。他特别想和他们说说毕业后这些年的情况，见到的却都是陌生的校友和比他要年轻几十岁的学生，而当年教过他的老师，不是老了，就是已经不在人世了。我看出他有些伤感。校园里渐渐人去楼空，往事又如流水而难以挽回，未来的日子在紧迫地做着减法而非加法。这种感情无处诉说而渴望找一个渠口流淌出来，特别是在今天这样一个日子，是能够理解的。

老人跟我们告别的时候，说了一句话让我感动。他说："我最美好的青春是在这里度过的。"之所以令我感动，是因为触动了我曾经想过的一个问题："一个人在学校里的时间很短，把学校和母亲联系在一起，能够拥有这样深切的感情吗？"现在我要说，能。因为和青春联系在一起，学校才叫母校，才会让人几十年过去了，依然想像回家一样回来看望她。

第二辑

自己动手做一本书

自己动手做一本书

　　那天，我在印第安纳大学美术馆里看到一则广告，有手制书展览于下周在大学的美术系举办。手制书，无疑指的是手工制作的书，会是一种什么样子的书？书的内容又会是什么？与一般印刷体的书相比有什么不一样的特别之处吗？

　　我如约去参观。展览在美术系的阅览室，阅览室不大，四周是书架，陈列着来自世界各地的最新一期美术杂志，其中也有我们中国的美术杂志。中间的几张阅览桌上陈列着手制书，没有一般展览常见的玻璃罩的阻隔，那些书可以随便翻阅。想也应该是这样才对，手制书嘛，既然是手制的，就也可以用手去翻看、去亲近才对。在这里，手和书是并列的主角。没有手，哪来的这样特制的书？

　　如今的世界上，书的品种越来越多，农业时代诞生并延续至今的纸质书籍只是其中一种了。当然，还会是最重要的一种。不过，电子书这个后起之秀现在越来越流行。电子书，分为可视和可听的两种。可听的，越发受到司机一族的欢迎，因为可以一边开车一边听，方便书的阅读，或者应该叫"听读"。比如2012年获得诺贝尔文学奖的加拿大女作家门罗的小说，在美国，这类图书的电子书比纸质书卖得或借得还要好。

除此之外，便是这种手制书，更是后起之秀中的后起之秀，越来越流行起来。

手制书和电子书呈两极态势发展。电子书，借助的是高科技，是向前发展的产物；手制书，走的则是倒退复古的路，向着农业时代最初纸制书的前身大踏步地倒退，从设计到绘画、剪贴、书写，从选材料到裁页、装订，退回到完全手工制作的个体作业模式。一新一旧，完成着人们对于书的前世与今生的想象。

展览中的手制书生动形象地说明了这一点。如果说书不仅仅作为知识的一种载体，也可以是一种艺术的展现的话，世界上所有的艺术，都是既可以朝着激进的方向发展，也可以退回到保守主义方面发展的。那么，手制书更可以实现这样一种对艺术个性张扬与多样性纷呈的追求和愿望。正式出版的传统纸制书中，一种书是千篇一律的内容和包装，个性被淹没在共性当中。即使是专业藏书家，收藏孤本的也很少见。大多数的书，他有，你也可以拥有。手制书却可以一本书是一种样子，就像大自然一样，每一片树的叶子、每一朵花的颜色都不尽相同。如果你藏的是手制书，那么，你拥有的完全可能是世界的唯一，独此一家，别无分店。

或许，独一性就是手制书的魅力所在。在这个规模不大的展览中，陈列的手制书不过几十种，却没有哪两种是重样的。内容不一样，开本不一样，封面不一样，插图不一样，用的材料不一样，连里面的文字——尽管都是英文——书写的方式却也不一样。真的像是走进一片天然的花草地，尽管花不多，也不齐整有序，但却不是那种我们司空见惯的人工修剪出来的花圃。 人工修剪的花圃所种的花不是品种统一，就是被剪裁得样子统一。 这里展现的却是千姿百态，各尽风情。

在这里，书有用缎子做的，有用布面做的，即使是用纸做的，纸张的选择也大相径庭，品质和颜色不尽相同。 从材质看，这个展览很像是服装秀，不同面料，彰显不同个性、不同的向往和憧憬：雍容华贵的缎子、质朴淳厚的布料、粗犷似沙的硬卡纸、洁白如玉的道林纸、朦胧绰约的硫酸纸……当然，还要和你所要表达的内容相匹配才是。

书的内容更是五花八门，有一本书全部是各种蝴蝶的标本；有一本书全部是各种树的照片；有一本书则都是猪的各种形象，这些形象都是黑白木刻拓印，形态可掬，非常可爱，让你忍不住想起美国作家怀特的童话《夏洛的网》里那头叫作韦伯的好猪。 在印第安纳，森林很多，蝴蝶、树木和鸟儿成为大家的喜爱之物，而猪在这里是吉祥的象征。 每本书画面旁的文字，不管是印刷体，还是手写体，或是艺术体，手工的痕迹很明显，没有一般正规出版的纸制书那么精致整齐，却一样图文并茂，相得益彰，而且，更充满天然的情趣。

有一本书开本很小，内容非常别致，没有其他任何文字，全部都是手机里相互往来的短信，打印在纸上，再贴在书中。 我来不及细读，猜想也许是恋人之间的通讯，或是手机主人和家人的通讯。 看那每一页故意贴得歪歪扭扭不尽一样，而且是故意将原来的文字拆解分行贴上去的，一下子将最为平常的短信化腐朽为神奇，形成了诗歌的形式，跳跃着心情，响起了回声，真的是奇妙无比。 即使一句也看不懂，也会感到很温馨，充满想象力。 除了独一性，这种亲近的私密性，恐怕也是它的另一种魅力所在。

如今在美国，这种手制书很流行，成了一种工艺品。 这种手制书老少咸宜，有艺术家的作品，也有普通人的作品；可以制作得很复杂，也可以制作得很简单；可以自己把玩珍藏，也可以作为礼物送给亲朋好友甚至自己的恋人。 当然，也可以如这里的手制书一样展览交流，甚至出售。

这里展览的手制书全部是印第安纳地区艺术家的作品，既展览，也出售，出售的价格不同，最贵的几百美元，最便宜的只要十几美元。 不管你是买还是不买，几位参展的艺术家都站在一旁，很愿意和你交流。如果你是只看不说，他们则凑在一起，兴致盎然地互相交流。 手制书的乐趣并不完全在书成之后，更在于制书的过程。 那种完全靠自己手指运动的工作，是农业时代亲近大自然才有的感觉，或者和钢琴家或小提琴家演奏手中的钢琴或小提琴时，手指触摸琴键或琴弦的感觉相似。 那时候，才体会得到，手制书真的是一种艺术。

什么时候，我也做一本手制书？

用剪刀剪出来的音乐

来布卢明顿，正好赶上它的艺术季。在这个长达整个夏季和秋季的艺术季里，将有 1000 多场包括音乐、美术的活动，遍布在印第安纳大学的校园和布卢明顿这座不大的城市的大小角落。我赶上的第一个节目，是印第安纳大学美术馆的特展"马蒂斯剪纸：爵士"。在展览的最后一周的周日，将有一场真正的爵士乐演出，是为这次特展专门作曲的音乐会。这一年，恰是马蒂斯逝世 60 周年。

美术与音乐联姻，并不是什么新鲜的事情，当初，德彪西的印象派音乐，最初的灵感便来自法国画家莫奈的《日出·印象》；穆索尔斯基的钢琴组曲《展览会上的图画》，更是用音乐为绘画作品进行旋律素描。艺术如水，总是相通的，且看这次特展是如何将马蒂斯的剪纸化为音乐的。

特展"马蒂斯剪纸：爵士"，展览的是马蒂斯的一组剪纸画。这一组剪纸画一共只有 20 幅，每幅大约 80 厘米乘以 60 厘米大小，只占了展厅的一面墙而已。这是 1942 年时马蒂斯创作的作品，那时马蒂斯已经是 74 岁的高龄，正在患病中。他刚刚经过了十二指肠癌的手术，躺在病床上体力不支、痛苦不堪的时候，居然信手拿起了剪刀和纸，剪起纸来。这些作品都被印成了画册，甚至明信片。在这些色彩明快、线条流畅的剪纸中，可以看到他的心情、他的性格、他的毅力和意志。

马蒂斯说，剪纸帮助他养病，陪他度过了那一段痛苦并且寂寞难熬的时光。 对于马蒂斯，剪纸成了一服良药；对于我，则看到了他绘画艺术的另一面。 剪刀在他的手中灵动如仙。 鲜艳的色块和诡异的线条，充满难得的童趣。 在这组剪纸里有他的回忆，有童年看到的马戏团，以及后来旅行途中对各地民俗的印象。 1945 年，马蒂斯从这些剪纸画中选出 20 幅，用水粉重新勾勒一遍，限量印制了 270 本画册，起名为《爵士》。 其中第 150 本，被印第安纳大学收藏，现在展览的便是有马蒂斯亲笔签名的这本《爵士》。

"爵士"这个书名，为今天的展览提供了艺术的想象与音乐的拓展空间，也成了这次特展别致的重头戏。 音乐会那天，我便专门去听。音乐会在美术馆里进行，不过是将展览马蒂斯剪纸画的展厅用隔扇隔出一片空间，真正的爵士乐和剪纸的《爵士》、今天音乐家的《爵士》和马蒂斯的《爵士》，便近在咫尺，甚至可以握手言欢，融合在一起了。

音乐会的规模不大，观众有一百来人。 前面摆着一架钢琴和一把贝斯，旁边是白色的幕布，幻灯打上"马蒂斯的剪纸画"。 演奏钢琴的音乐家叫克里斯多夫，他专门从波士顿赶来，本次音乐会所有的作曲都出自他手。 他说他从 2009 年开始创作，到 2012 年完成了对马蒂斯这 20 幅剪纸画的音乐创作。 贝斯手叫阿伦，是印第安纳大学专门教爵士乐的教授。 每一段音乐开始的时候，幕布上会打出马蒂斯的剪纸画；每一段音乐结束的时候，会有一个人出来朗诵一段关于马蒂斯和他的这几幅剪纸画的介绍。

这是一场沙龙式的音乐会，安静、优雅，摇曳的烛光代替了《爵士》里的那种如蛇一般灵动喷射的火焰，尤其是修复甚至是改造了爵士乐和马蒂斯画中那种来自底层的民间色彩。克里斯多夫说他的音乐融有爵士乐和现代音乐，在我听来，这些乐曲中，爵士乐那种明显的节奏和即兴的成分并不明显；而现代音乐的成分似乎也不多；更多的是对古典音乐的回顾，山高水低，云淡风轻，无形中倒也多少吻合了当年马蒂斯剪纸以疗伤的平和心情。明朗的音色和适可而止、欲言又止的爵士节奏，洋溢在钢琴与低音提琴的呼应中，淡淡地撩拨着马蒂斯的那些萤火虫般明灭跳跃的回忆，抒发着马蒂斯在这些剪纸中渗透的对人生积极乐观的感情和面对病魔不屈服的意志。

马蒂斯的这些剪纸画，大部分我都曾经看过，只是是分散在画册中，甚至明信片中。其中有好几幅，在孩子小的时候，我和孩子都拿来剪刀和杂志花花绿绿的封面，照葫芦画瓢，一地彩色纸屑地剪过。所以，我看着马蒂斯的剪纸画很熟悉、很亲切。为其配的音乐，是用剪刀剪出来的画中蔓延出来的旋律。音乐会结束的时候，克里斯多夫站了起来，向观众表示感谢，同时，他转过头，举起手臂，向身后幕布上出现的马蒂斯像挥了挥，表示敬意。他不仅致敬马蒂斯的这一组剪纸画，更是致敬马蒂斯对于疾病、对于人生中面临的挫折与苦难所展现出来的乐观向上、绝不屈服的精神。

孤独的吹笛人

　　麦迪逊是一座美丽的大学城，威斯康星大学麦迪逊分校就在这里。它四面环湖，出了校园走不多远，就可以走到透明的湖边。 湖水是这座城市须臾不离的朋友。

　　这座城市还有一位须臾不离的朋友，是位吹笛子的老人。 他成了这座城市叫不上名字的名人，满城的人几乎都认识他。

　　那天，我乘车路过一个十字街口，红灯的时候，同车的人指着对面一个骑自行车的老人对我说："看，就是他，那个吹笛子的人！"

　　他穿着一身橙黄色的衣服，连脚下的一双塑料拖鞋都是橙黄色的，异常艳丽，在阳光的照耀下熠熠闪光，令人能够从人流中一眼分辨出来。 这里的人们告诉我，他一年四季都穿着这身衣服，从来也没有见他更换过，衣服却从来都干干净净。 不知道他是有意识这样穿着，为的就是特立独行，还是他家里家外就这样一身"皮"。

　　有人回答了我的这个疑问，说他是一个流浪汉，谁也不知道他在这里吹了多少年的笛子，住在这座城市的哪个角落，以及他的前世今生。人们只知道，他每天就跟这些学生上课一样，天亮的时候，准时出现在这座城市里：或在校园的图书馆前，或在校园的广场上，或在州政府前的步行街上；或在风中，或在雨里，或在纷纷飘落的雪花下，吹着他的笛子。 吹得老的一届学生毕业了，吹得新的一届学生到来了。 花开花落无间断，春来春去不相关。

他的面前放着一个小盒子，姜太公钓鱼一般，任凭路过的行人或是充耳不闻，或是往里面丢一点钱。 他目不斜视，只管吹他的笛子，似乎笛子里有他的一切。 从他身旁经过的，大多是威斯康星大学的学生，总会有好心的学生往盒子里丢钱。 靠着盒子里的这些钱，他足可以在这里生活下去。 可以说，如同这里的湖水滋润着这座城市一样，这座城市的大学生养活了他。 多少年来，他一直舍不得离开这座城市、这座校园，而流浪到别处去。

吹笛人的经历谈不上传奇，也谈不上神秘，他成为这座城市、这座校园一种惯性的存在。 这让我感到这座城市对一个孤独流浪汉的宽容，他并没有因为流浪汉的身份而被收留到收容所里去；同时也让我感到这座城市大学生的善良，他们愿意多听一种声音，在城市的风声、雨声、读书声之外，多一种笛声的陪伴，让自己的心多一点滋润，也让一个孤独的老人多一点宽慰。 于是，这么多年，他们与这位吹笛人相看两不厌。 吹笛人成了这座城市的一道风景，而不是像在许多其他城市里一样，被当成一块有碍观瞻的补丁。

在十字街口见到他的第二天，麦迪逊举办每年一次的万人长跑比赛，赛道是八个马拉松的长度。 比赛的命名非常有意思，叫作“疯狂的腿”。 参赛的大多是大学里的师生，出发点在州政府大厦前面的广场上。 没有想到，在熙熙攘攘的人群中，我再次看见了这位吹笛人。 他坐在马路的檐子上面，一条腿横陈在路上，一条腿蜷缩着，拿笛子的一只胳膊正好架在这条腿上，据说这是他习惯的姿势。 他的对面，两个靠在橱窗边的摇滚歌手正在摆弄着架子鼓和电吉他，他与这两人仿佛彼此打擂。 他不管他们，只管吹自己的笛子。 这次因为离他很近，我看得很清楚，他已经很老了，起码有 60 多岁了，一脸苍黄的胡须。 他手里的笛子类似我们的竹笛，但很短，在他骨节粗大的手中显得很小，像个玩具。

我走过去为他拍照，因为离他很近，他看见了我，没有反对，也没有任何表情，仍然在吹他的笛子。 笛声并不怎么悠扬，技艺一般。 但是，这座城市，这座校园，已经缺少不了他的笛声。

这已经成为威斯康星大学独特的一景。 在我们的校园里，会出现这样一个吹笛人吗？

芝加哥大学的"绿树公社"

去年从北京飞到芝加哥的第二天，正好赶上复活节。 儿子清早到宾馆接我时说，他们芝加哥大学的同学邀请我去参加他们的复活节聚会。往年的芝加哥，复活节的时候，天气依然很冷，但今年这一天，天气非常暖和，阳光灿烂得像是满地淌满了金子闪烁的光芒，气温高得令人生疑，以为不该是真的。 见到这些年轻人，他们对我说，因为去年冬天的芝加哥实在是太冷了，有几天气温几乎和北极一样低，老天爷这是给他们一点儿补偿，让这个春天温暖些。

聚会在他们的住处，这是芝加哥大学的学生公寓。 8 年前我来芝加哥，住在儿子租的住处，离这里不远，都是一样棕褐色的矮层楼房，附近几个街区都是，挺大的一片，像卷心菜一样把芝加哥大学包围在里面。 不过，他们这个住处有点儿特别，别处的房子都是一排一排的，这里是围合式，三面有楼，呈不规则的 U 字型。 每座楼各有三层，算算，大约住有十几户人家。 三面楼中间是一个挺宽敞的空场。 另一侧是一排库房，可以存放各家的零用东西，每扇库房门上有巨幅手绘的图画，一直蔓延出房门，尽情涂抹到了四周的墙上。 这些图画都是儿童画风格，画的也都是充满童趣的各种动物。 对着库房的一条小道通向大门，大门一锁，这里便成了他们的天下。

住在这里的全部都是芝加哥大学的博士或博士后，他们都已经结婚，并且带着孩子。有的已经毕业，正在找工作。这是芝加哥大学特别给予他们的福利，即便已经毕业，也并没有人赶他们走。相比较而言，这里的房子租金要便宜一些。更重要的是，大家都是芝加哥大学的同学，彼此共同语言多，平常聊得来，来往便非常密切。常常是一家来了客人，其他人一起参与接待，客人便成了大家共同的客人。虽然，他们都已经年过30，有的人已经往40奔了，但这里校园的气息依然很浓，这是在别处难以找到的。我的儿子虽然已经毕业有了工作，早已离开了这里，但只要一到芝加哥来，他还是愿意住在这里，和同学有着说不完的话。同学，同学，这真的是一个奇妙的称谓，永远充满青春的感觉，永远有校园的感觉，与此有关的所有回忆都是温馨的。

　　在我看来，这里更像北京的四合院。每栋楼的阳台都是相向而建的，不像现在北京楼房的阳台全都是封闭的。因此，不用下楼，即可以隔楼相望。一家人喊另一家人，招呼一嗓子，听见后招招手，非常像北京四合院里街坊四邻抬头不见低头见，一声招呼，满院都听得见，一家炒菜炝锅的葱花味儿，满院都能闻得见。更何况，哪家来了客人，其他几家都下楼来，凑在院子里奉茶待客，谈天说地，院子成了公用的大客厅。院子里有几张室外木桌木椅，到了饭点儿，各家从各自的厨房里端出自己的拿手菜，放在桌子上，瞬间香气四溢。大家也不用客气，边吃边聊。那种集体生活的感觉，特别像我曾经在北大荒当知青时期的聚餐，大桌前一围，大碗喝酒，大口吃肉。

　　这一天，因为是复活节，有几家的父母也从美国其他地方赶来。增加了几个老人，更像是家庭聚会，节日的气氛平添。 各家都已经早早备好丰盛的菜肴，凉菜热菜五彩纷呈，西餐中餐各显神通，啤酒红酒排列成阵，还有烧烤，有肉有串。 最受大家一致欢迎的是来自法国的一位博士做的烧羊肉，他以前曾经做过厨师，这一天他做的拿手菜最后出场、亮相，味道鲜美，不一会儿就被大家一扫而光，又紧跟着上了一盘。

人多，椅子不够，人们坐的坐，站的站，不管坐的还是站的，都需要来回走动，因为菜多，分散在几张桌子上，聚餐便成了自助餐。 看他们尽情地吃，尽情地聊，让我感觉学生时代真的是美好。 人的一生中，唯有学生时代，人和人之间的感情最为纯真，人和人之间的友情最无功利，人和人之间的关系最清澈如水。 尽管校园和社会只隔着一堵墙，而且，如今商业化、世俗化的社会刮起的风长驱直入，在校园里横冲直撞，无可奈何地异化着同学之间的关系。 但是校园毕竟是校园，大家尽管不得已让自己随风而变，但内心的一角还顽强地保留着属于青春的清新小天地。

这些博士和博士后来自法国、德国、美国、荷兰、韩国、中国……这么多国家的人们集中在这里，让这里像一个小小的联合国。 但这里不是世外桃源，他们有着和我国博士生一样的苦恼：学习和生存的压力，毕业之后寻找和选择工作的烦扰，远离家乡漂泊在外思乡的苦恼，孩子上幼儿园、读小学择校的麻烦，购买房子需要首付的经济问题……全世界都一样，这些人生的困扰，影子一样紧紧地跟随着他们，怎么也难以突破重围。 他们愿意住在这里，即使毕业了还是赖在这里不走，其中很大的一个原因，便是这些苦恼和忧愁，既是属于自己的，也是属于大家的。 大家凑在一起，彼此便可以相互宽慰，起码不会放大这些烦扰和苦恼，相反可以化解并稀释这些苦恼和忧愁。 彼此信息共享，还可以在"山重水复疑无路"的时候，突然"柳暗花明又一村"。

在这些博士中间，我认识两位，一位是美国人叫麦斯，妻子是韩国人，他们有两个儿子；一位是中国香港人叫真真，丈夫是法国人，他们有一个可爱的女儿。 他们的恋爱都是在校园里，到他们结婚、生子，乃至现在的生活，也都还在校园里。 校园成了他们青春的延长线。 长期浸泡在校园里的人，和别处尤其是商圈或官场出来的人决不一样。 他们很少是世故与势利的，更没有那种铜臭味和官架子。 他们的学问都非常高，各有各的专长，但他们都非常谦虚、非常真诚，即使自己遇到了困难，也没有像我在国内见到的一些年轻人那样抱怨或自怨自艾甚至悲观丧气。 他们总是那样乐天，总相信天空中不会每天都出星星，但也不会每天都下雨。 因此，他们的行为准则和人生态度总是"莫听穿林打叶声，何妨吟啸且徐行"。 他们都已经毕业两年多，一直没有找到合适的工作，生活的压力都压在另一半的身上。 前年，麦斯的父亲病故，只给他留下一辆车和 3 万美金，还有一个住院的多病的老母亲需要他定期回去照顾。

复活节这一天，见到他们两人和他们的家人，看到他们依然和以前一样达观。 我想起我们国家的一些年轻人，常常会把本该自己克服的困难抛给父母，不仅是工作，还有房子的购买和孩子的照看，乃至日常的饮食起居，似乎都是父母应该代替他们承担的。 他们就像永远长不大的孩子，而麦斯和真真却早已经将自己的羽翼交付给了风雨去洗礼。 有时，我会想，我们的教育是在哪里出现了问题。因为教育的本质不仅仅是传授知识，而且是教育一个孩子如何做人并成人。

吃饭的时候，我问麦斯，你们这么多的博士，这么多年为什么能够这样团结、这样热闹？

他告诉我，他们给他们这个院子起了名字。

我问他叫什么，他说叫"绿树公社"。

真是一个有意思的名字，像中国的名字，因为我们有人民公社。

他说公社就是属于大家共有的，在这个公社里，大家就像一个人一样，生活就有了意思。

在这里，他们可以抱团取暖，彼此给予一些鼓励和激励。这是一种精神上的共享资源，也是心灵上的共有绿洲。

在那一瞬间，我想起了20世纪30年代在上海出现的亭子间，或许有些像他说的这个公社的意义。那时候，一些贫穷的大学生毕了业却失业；或刚刚工作的知识分子，没有钱租住好的、宽敞的房子，只好挤在亭子间里。但是，在那些亭子间里，曾经出现了多少不畏惧困难并且有能力克服困难去创造新生活的有志人才。鲁迅先生就曾经住过这样的亭子间，并写下了《且介亭杂文》。我相信，世上很多事理是相似甚至是相同的，有过这样在公社和亭子间的历练，人会变得更加富于柔韧性，更加增添坚强度和亲和力。

我问他："为什么把这个公社叫'绿树'，有像绿树一样郁郁葱葱的含义吗？"

他说："那倒没有，因为我们这个院子前的街道名字叫 Green Tree。"

这真的是一个好名字，不管麦斯和他的这些博士朋友们怎么认为，我是觉得这是一个一语双关的名字。

那一天，阳光真好。 在芝加哥的这个四合院里，虽然缺少了一个复活节砸蛋的传统节目，但充满了节日的欢乐。 大人们还在开怀畅饮，孩子们却早早吃饱了，正凑在一起追跑打闹，叫声和笑声水珠四溅一样荡漾。 墙角的花已经迫不及待地开了，这一年，芝加哥的春天来得早些。

半年之后，我离开美国，从芝加哥乘飞机回国的前夕，听到了麦斯和真真双双找到工作的好消息。 他们前后都找到了不错的工作，麦斯已经到了纽约大学去教书，真真也要赴新加坡南洋理工大学去当老师。 我由衷地祝福他们，也祝福他们这个芝加哥的四合院、亭子间——"绿树公社"。

即使我见过的这些博士生都毕业了，都找到了工作，都离开了这里，我仍然希望芝加哥大学能够保存这个博士居住的"绿树公社"，保留年轻人心存梦想和清纯的绿意葱茏的一角天地。 那样的话，时间久了，"绿树公社"就会成为芝加哥大学的一道风景、一段历史，就像当年莱特（美国著名建筑设计师）专门为芝加哥大学设计的罗比住宅一样，成为芝加哥大学的骄傲。

韦尔斯利大学访冰心

我到波士顿住在中学同学心校家,住了三天,还是显得行色匆匆。临走那天,在早餐的餐桌上,心校对我说:"你走之前怎么也应该到韦尔斯利学院看看,就在我们的社区里,你知道,宋庆龄、宋美龄和冰心当年都是从这所大学毕业的。"从他嘴里迸出的"冰心"两字,引起了我的兴趣。我立刻放下碗筷,请他驱车带我去韦尔斯利大学。

心校知道我在中学时就喜爱冰心。我们的中学是一所有百年历史的教会学校,由于老师的破例,我从学校图书馆尘埋网封的书堆里找全了冰心在中华人民共和国成立前出版过的所有的文集,还抄下了冰心的整本《往事》,后来在学校校史馆里展览,成了我中学时代最露脸的事情。其实,那时我还曾天真也认真地写下了一篇长长的文章——《论冰心的文学创作》,只是没敢拿出来到校史馆展览,一直悄悄地藏在笔记本中,直到高中毕业也没敢给人看。

韦尔斯利大学离心校家很近,他告诉我,晚饭后他常常和夫人一起走着到这里散步。这里位于波士顿西郊,附近的社区属于富人区,林深叶茂,花繁草密,异常幽静。韦尔斯利大学就像一个远离万丈红尘的世外桃源,虽然距现在已有130多年的历史了,但还是像一位美丽的淑女一样,静静地依偎在那里,让人有种"回眸一笑百媚生"的感觉。

心校对我说："韦尔斯利大学很大，你时间紧，咱们先开车绕学校一圈，然后到湖边走走。"学校确实很大，但建筑却不多，一座座赭红色的尖顶小楼，别墅似的，幽静地立在蓝天白云下；又如花开一般，散落在校园绿茵茵的草坪上、松林中和花木掩映的曲径深处。 冰心曾说这里美丽得像是意大利的花园。 大概我们来时正是上课的时间，校园里几乎见不到人，安静得令人以为进入了童话的世界。 也许，冰心会从哪座教学楼里刚刚下课走出来呢。

迄今为止，这是全美国最有名的私立女子大学，当然，也是学费最昂贵的贵族大学。 当年，如果冰心不是被破格录取获得奖学金，很难想象她会和宋氏姐妹一样来这里读书。

前面就是冰心在《寄小读者》里常常写到的慰冰湖了，心校将车子停在湖边。 "朝阳下转过一碧无际的草坡，穿过深林，已觉得湖上风来，湖波不是昨夜欲睡如醉的样子了。"这是1923年冰心初到韦尔斯利大学时看到的慰冰湖，竟然和我眼前的样子一样，仿佛80多年过去了，慰冰湖青春依旧，这大概是只有大自然才能够有的奇迹了。 "慰冰湖"（Lake Waban）是冰心的翻译，大写意那种，洋溢着诗意或情意。 中学时读《寄小读者》看到"慰冰湖"这三个字，就觉得这个译名太"冰心化"了，万千情感都化在这三个字里面了。

湖水很清，微风拂来，涟漪一圈圈轻轻荡漾开，如同密纹唱盘。 湖边没有任何人工雕琢的附加物，土坡墁下，有垂柳和灌木丛的枝条，还有野鸭、野雁和远处的小船轻拂水面，没有人的惊扰，宛如怀斯笔下的一幅淡彩风景画。 这便是冰心当时每日黄昏来散步的慰冰湖，她说"舟轻如羽，水柔如不胜桨"；这就是冰心一遍遍托付心思的慰冰湖，也是她一封封书写《寄小读者》时所在的慰冰湖，她说"我在湖上光雾中，低低地嘱咐他，带我的爱和慰安，一同和他到远东去"。

　　穿过一座小石桥，就来到湖的另一侧。 我猜想当年冰心一定也会常走这座小桥的，桥下春波绿，惊鸿照影来。 前面不远有一座文艺复兴时期式样的白色小楼，独立于小山坡之上，面对着外面的公路。 心校告诉我，那就是校长楼，每一届的校长都住在那座楼里。 据说，当年冰心的成绩单现在还在学校里保存着。 不知道当年的冰心最初来这里报到的时候，是否来过这幢白色的小楼。 当然，这一切都并不重要，重要的是我终于来到这里，见到了冰心，见到了慰冰湖，真的是"舟轻如羽，水柔如不胜桨"。

芝加哥大学借书记

到美国来，吃得不习惯，语言不习惯，交通不习惯……但是，借书却让我感到非常习惯，不仅习惯，而且比国内感觉更为方便。

我住在芝加哥 53 街，芝加哥大学的图书馆在 57 街，我用 15 分钟就可以走到那里（在美国，每一个社区都有自己的公共图书馆，免费开放，可以就近借阅，这是衡量一个社区条件好坏的一项硬件指标）。 我常常到那里去，那是一座 5 层的高楼，外表的装饰很有趣，一扇扇窗户之间用一块块灰色的水泥墙相隔。 那一块块水泥墙被做成了一本本书的样子，远远地望去，像是悬挂着一本本厚厚的书籍；如果是晚上去，在灯光的映衬下，像是一本本打开的书，满天的星星仿佛是从那些书中跳出来的亮晶晶的文字。

只需要办一张出入证就可以进去图书馆了。 因为常去，看门的那位教工都认识我了。 图书馆一层有问讯处、外借处，还放着许多电脑，供人们上网用。 楼上几层存放着图书，分门别类，全部开架。 五层存放的是中文图书，还有一点日本和韩国的图书。 应该说这个图书馆中文图书藏有量是很多的了，起码比我们国内的一般大学的图书馆还要多。 只可惜，这里的中文书都是中华人民共和国成立以后出版的。 民国时期，或再早一些如明清时期的图书，要到地下一层去找。 那里的书多，用的是电子书架，不如在五层查阅方便。 遗憾的是我去的时候地下一层正在修理，没法到那里借书了。

由于在国内借书麻烦而且路程远，我已经很久没有进图书馆了。 初次走入芝加哥大学的图书馆，书架顶天立地，一望无际，如入茫茫大海，真不知该从哪儿下笊篱。 其实，找书也很方便，到处都是电脑，如果找中文书，即使不会英文，只要在电脑上用中文拼音打上书名或作者名，屏幕上就可以显示出来书在几层的什么位置。 然后你走到那里，如探囊取物，非常简单易行。 出于好奇心和虚荣心，我将自己的名字打上去，电脑屏幕上立刻出现了我的 11 本书，按照它的提示，我轻而易举地找到了我的那 11 本书，它们整齐地排列在那里的书架上。

每一层都有宽敞的阅览室，那里有隔开的书桌，便于独立学习；也有舒适的沙发，便于小憩。 我常常选择坐沙发，抱着一摞子书，像刺猬一样蜷缩在那里，直到看累，或者看完。 也无须你自己再把书放回原处，只要放在阅览室前面的书桌上就可以了，自有管理员将那些书归位。

三层专门开辟了一间阅览室，里面藏的都是中国美术方面的书，几乎中国古今画家所有的画册都能够在那里找到，书不外借，只能够在那里看。 我在那里看完了厚厚的十几大本的《齐白石全集》。 有意思的是，有一次看见一个人抱着一摞画册坐在我的身边，看模样像中国人，还以为他乡遇故知呢，一打招呼，他根本听不懂中文，用英文问，才知道是韩国的学生。

如果你想找的书这里没有，只需把书名告诉管理员，他们会替你在全美国的图书馆里查找你要的书，然后寄过来借到你的手中。 因为我正在为作家出版社写一本有关北京八大胡同方面的书，需要看看当年在八大胡同风云一时的赛金花方面的书。 我特别想借一本 1934 年出版的由赛金花本人口述、刘半农和商鸿逵笔录的《赛金花本事》。 这里没有，但没过几天，这本书就到了我的手里。 我看封面上的借条，写着是从印第安纳大学图书馆邮寄来的。 往返的邮费并不需你出。 这是真正的文化资源共享，而且渠道畅通，非常快捷。 对这里的人来说，想是已经习惯成自然，只有我感到有些新鲜罢了。

最让我感到新鲜的是外借之后的还书。 图书馆一楼大厅里有两个像大桶似的还书的机器，因为它们紧紧地贴在墙边，而且还有一个斜着掀开的盖子，开始，我很有些"老外"，以为那是楼道里常常看见的垃圾箱。 谁想到，还书的时候，就把书扔进那里就行了。 那里的桶有两个，一个是归还从本图书馆里外借走的图书，一个是归还像我借《赛金花本事》一样从别处图书馆里借来的图书。 起初，我好奇之外还有些担心：就这样跟倒垃圾似的往那里一扔，万一哪个环节出了问题，谁能证明你还了书呢？ 但是，我的担心不仅是多余的，而且还显得小儿科似的那么可笑。 这里的学生告诉我，从来没有听说有这样的情况发生。

图书馆的大门前有两株小树，不知叫什么树。 初春，我刚来的时候它们还没有长叶，现在，它们开满一树白色小灯笼似的灿烂花朵。 我要离开芝加哥了，就要告别这座美丽的图书馆了。

查理大学图书馆的精灵

如果你到布拉格，当地人请你进查理大学图书馆参观，是比请你吃鱼还要宝贵而难得的待遇了。由于布拉格属于内陆城市，鱼在布拉格是稀罕物，而查理大学图书馆一年只对外开放4天，并且只对尊贵的客人开放，更属难得。

我们有幸被邀请参观查理大学图书馆，正是雨过天晴的上午，空气格外清新，和图书馆里面尘埋网封的幽暗形成鲜明的对比。这个图书馆建于14世纪，是查理四世建成查理大学的同时建成的。查理四世这个国王确实伟大，他重视文化、艺术，布拉格如今留下的文化艺术遗迹，几乎都是经他之手建造出来的。他撒下了那样多神奇美妙的种子，如今它们都开了花，将芬芳充盈着这座美丽的城市。

我是第一次进入这样古老而浩大的图书馆，真是叹为观止。这是一座巴洛克式的建筑，图书馆大厅的外面有一圈静静的走廊，走廊墙的上方画满一幅幅牧师的肖像。查理大学派出牧师到世界各地也非常早。这些牧师到过世界上他们能到过的国家传教归来后，学校为了纪念他们而为他们造像。长长的走廊是一支带有历史和宗教意味的悠长前奏的引子。进入图书馆后，我见到高高的拱形顶上画着宗教内容的画面，四周全是传教士的肖像，一律细笔勾勒，如描如绘。这更令我觉得图书馆笼罩在浓厚的历史和宗教氛围中，显出几分神圣庄严，幽深莫测。中间是一排大地球仪，有点胸怀世界的豪气劲。那一排地球仪制作得也古色古香，和四周的绘画、装饰极其协调。只是中间有一尊塑像有些现代的味道，显得非常扎眼。一问才知道，那是捷克民族复兴时期的查理大学图书馆馆长，名叫夏发锐克。他为保护和发展这个图书馆做出了杰出的贡献。

图书馆是两层楼的结构，上下两层楼都有齐到房顶的书柜。它的藏书有600多万册，是捷克藏有外国图书最多的图书馆，而且大多是古书。欧洲许多国家要查找古代的图书资料，也得专程到这里来翻阅。浩瀚的书籍像墙砖一样整整齐齐地码在一起，似乎这个硕大无比的房子是用书籍垒砌起来的。各种颜色的书脊紧紧地依靠在一起，把四面的墙涂得五彩缤纷，宛若一个古老神话中的王国的城堡。当然，如果仅仅这样，也还不算什么，关键是那些书籍都是古书，而且还有近1万册的古代手稿，包括中世纪最为珍贵的手稿，如捷克14世纪著名神学家伏依杰赫·腊卡的神学著作、法国15世纪的《圣经》、意大利文艺复兴时期普拉东作品的希腊手抄本。这在整个欧洲都是独一无二的。它的地位当然非常显赫，傲视群雄。

我们被领进图书馆正厅旁的侧厅，是个藏室。在那里有一个玻璃柜台，里面摆着一本15世纪的手抄本，书名叫作《圣人传记》，牛皮封面，纸页发黄，笔迹褪色。站在这样古老的书籍面前，即使什么都看不懂，也能感受到岁月的分量，感受到历史的风在萧瑟吹拂，感受到逝去的哲人永远不会逝去的睿智目光。

可惜，这本手抄本只是复制品。但即使是这样的复制品，也只能隔着玻璃看看，就是国宾来了，也是如此。

走在这样古老的图书馆里，尘土与书页一起纷飞，眼前如同翩翩飞舞着金黄闪光的蝴蝶，能让你产生许多冥想。在这样的图书馆里阅读或写作，更容易诞生奇绝的传说、伟大的神话、英雄的史诗以至魔幻的鬼怪故事吧！每一本书里似乎都藏着一个精灵，一座城市有这样一座图书馆，城市的上空和人们的心中便飘飞着无数美丽的精灵，在你痛苦时也好、欢乐时也好、沉思时也好、冥想时也好，它们都会飞出来陪伴你，让这座城市变得充满想象力和创造力。

走出查理大学图书馆，我们来到它楼下的阅览室。图书馆对外不开放，这里是对外开放的。走进阅览室，里面座无虚席，安静非常。阅览室的一头赫然矗立着捷克最大同时也是中欧最大的壁炉，另一头横着摆满一排顶天立地、硕大的书架。它们遥遥相对，同时为人们提供热量和能量。书架是捷克著名的歌唱家艾玛（我国上演过以她的生平改编的电影《非凡的艾玛》）捐赠的。她懂得书架和书籍的价值，她不捐献别的，只捐献书架，而且要捐献给查理大学图书馆的阅览室。

走出查理大学图书馆，我望见馆顶有一尊青铜雕塑，裸体的天神双手托举着镂空的地球仪，地球仪上正旋转着风向标。这是为了纪念曾经站在这里的尖顶上观测过星象的著名科学家吉赫德·布拉格所造的。

或许，我多少明白了一些为什么在布拉格会有这样一个图书馆了。

第三辑

猫脸花

猫脸花

47 年前，我在一所中学里教书。 那一年刚刚入夏，天就拼命地下雨，而且很奇怪，必是每天早晨下，中午停。 每天上午第一节课前，就看老师们陆续进入办公室，大多都被雨淋湿，个个狼狈得很。 印象最深的是有一天，一位教化学的女老师骑自行车来晚了。 因为她第一节有课，刚进办公室，就听她抱怨："这雨也太大了，把我裤衩都湿透了！"大家知道她在为迟到开脱，开脱就开脱吧，这样说多少有点儿让人不好意思。

没有想到，第二天就轮到我不好意思了。 那天出门没多远，我的自行车车锁的锁条突然耷拉了下来，挡住了车条，骑不动了。 雨下得实在太大，我推着车，好不容易找到个自行车修理铺。 等修车师傅帮我修好车锁，我骑到学校时，小半节课都过去了，学生们看见的是淋成落汤鸡的我出现在教室的门口。

下午放学，我骑上车没多远，车锁的锁条"当啷"一声，又耷拉了下来，又没法骑了。 先去修车吧。 修车铺离学校不远，修车的家伙什都放在屋子窗外的一个工作台上，屋里就是家。 修车的是个 20 多岁胖乎乎的姑娘，比我教的学生大不了几岁，长得不大好看，一脸粉刺格外突出。 我心想，她肯定是接她爸爸的班，也肯定学习不怎么样，不得已才来修车。

不过，人不可貌相，小姑娘修车很认真仔细。 她拉开工作台上满是油腻和铁沫的抽屉，一边找弹子，一边换车锁里坏的弹子，却怎么也找不到合适的。 她有些抱怨地对我说："谁给您修的锁？ 拿个破弹子穷对付，全给弄坏了，真够修的！"话是这么说，说得跟老师傅数落徒弟似的，她却很有耐心地从抽屉里不停地找弹子，然后对准锁孔，把弹子装进去，不合适，再把弹子倒出来，重新装，像往枪膛里一遍遍地装子弹，又一遍遍地退出来，不厌其烦，也不亦乐乎。 工作台上，一粒粒小小的银色弹子，已经头挨着头摆成一排，在夕阳下闪闪发光。

开始，我心里在想，如果上学的时候有这份专心就不至于来修车了。 后来，我为自己冒出来的这多少有些偏见甚至恶毒的想法而惭愧，因为她实在是太认真了，流出了一脑门的汗。 为了这个倒霉的锁，耽误了她这么长的时间，又挣不了几个钱。

其实，她完全可以对我说，这个锁坏了，修不了啦，换一个新的吧。 她的工作台旁就放着各种新锁。 换新锁，她可以多挣点儿钱。 我开始有点儿替她感到委屈，有些不落忍地这样替她想。 可她却依然较劲地修着我的这个破锁，好像它身上有好多乐趣，或者它是非要攻占的什么重要山头，不把红旗插上去誓不罢休。 而且，她还像个小大人似的，以安慰的口吻对我说："您别急，一会儿就好了！ 省得您过不了几天又去修，受二茬子罪！"

我站在那儿看她修，看得久了，无所事事，就四下里闲看，忽然看见她背后的窗台上摆着两盆花。 我走过去细看，那两盆草本的小花，花开的颜色挺逗的，每一朵花有着大小不一的紫、黄、白三种颜色，好像是谁不留神把颜色洒在花瓣上面，染了上去，被夕阳映照得挺扎眼。我没话找话，便问她："这是你种的？什么花呀？挺好看的！"

她告诉我，这叫猫脸花。她又告诉我，这是她爸爸帮她淘换来的药用的花，把这花瓣揉碎了，泡水洗脸，可以治粉刺。然后，她冲我一笑："说是偏方，也不知道管用不管用！"

锁修好了，再也没有坏，一直到这辆车被偷。

现在，我知道了，她说的猫脸花学名叫三色堇。其实，我读中学的时候，读过的外国文学作品中，好多地方写到了三色堇。当时觉得这个名字那么洋气，那么有文学味儿，让我对它充满想象，甚至想入非非。

前不久，看到巴乌斯托夫斯基不吝修辞地形容它："三色堇好像在开假面舞会。这不是花，而是一些戴着黑色天鹅绒假面具愉快而又狡黠的茨冈姑娘，是一些穿着色彩缤纷的舞衣的舞女——一会儿穿蓝的，一会儿穿淡紫的，一会儿又穿黄的。"

我想起了那个脸上长满粉刺的修车姑娘。当初，她告诉我它叫猫脸花。

群里发来张老照片

前几天，群里一位同学发了张古董级的老照片。 这张照片大概是贴在相册里的，只有那个年代才会用的黑色三角形的相角，泄露了它老掉牙的年份。 那时候，我们都是用这种相角把照片贴在相册里。 这种相角的背面有一层胶，把唾沫涂在上面，用手抹一抹，就能粘在黑色相册页里了。 照片上有前后两排人，前排4个人蹲着，后排5个人站着，都是小学同学。 我忘记在哪儿拍的，背景隐隐有树有水，大概是在公园。照片是用手机翻拍的，如今手机的像素都很高，只是照片太旧，本身照得也有些模糊，只能影影绰绰地看个大概。

同学问："能看出都是谁吗？"

疫情发生的这一年，大家都宅在家中无所事事，发张照片，猜谜语似的，让大家看看都是谁，就是找个话题，找点儿乐子，让过去的回忆冲淡一些现今的忧虑。 距离小学毕业，已经整60年。 都说岁月是把杀猪刀，60年的日子更是早把人变得面目皆非，当年再俊的丫头和小伙儿，现在也只能让人感叹岁月催人老。

不过，这样的游戏，虽然已经反复多次，却是续再多水的茶，照旧清香清新、可口可乐，让大家像老驴拉磨一样转上一圈又一圈，依然乐此不疲。 这张重见天日的老照片像投进湖中的一块石子，溅得群里浪花不止，让大家兴致勃勃，你来我往，你是我否，猜个不停。 而且，拔出萝卜带出泥，猜对了一个人，便能连带讲出她或他好多年前的趣事或囧事。

别看照片模糊不清，但架不住大家个个都是火眼金睛，而且，到了这把年纪，都有一种本事：越是久远的事情，越记得清；越是小时候的同学，越认得准。 9个同学中，8个同学都被猜得准确无误，唯独前排最右边蹲着的那个男同学，谁也没有猜出来，像公园遗失物品处一个无人认领的孤儿。

大家都说，他个子太矮，还蹲着，半拉身子还在镜头外，像只受委屈的小猫，实在猜不出来是谁了。

其实，我认出来了，那个人是我。

我想起来了，照片是我们一年级第二学期到北海公园春游时的合影，是班主任老师给拍的。

那时候，我个子长得矮，像根豆芽菜。 母亲去世不久，父亲从农村老家为我和弟弟带回了继母。 当时家里的生活拮据，我穿的是继母缝制的衣服和布鞋，特别是那条裤子，是缅裆裤，在照片上我一眼就认了出来。 同学穿的裤子前面有开口，是从商店里买的制服裤子，全班只有我一个人穿缅裆裤。 这条缅裆裤，让我自惭形秽，在班上抬不起头。 在上三年级的时候，我终于忍受不住了，和父亲大哭大闹了一场，才换上了从商店里买的一条前面有开口的裤子。 裤子前面有没有开口，成为我童年一件至关重要的大事。

那一次春游，大家要带中午饭。 我带的是母亲为我烙的一张芝麻酱红糖饼。 这种糖饼在我家只有中秋节时才烙，作为月饼的替代品，我和弟弟吃得很美。 那时候，我以为能带这种糖饼已经很好了。 但是，在北海公园里，大家围坐在一起吃午餐的时候，我看见不少同学从书包里拿出来的是面包，是义利牌的果子面包。 我就是从那时认识了这种果子面包，并打听到一个面包1角5分钱。 还有的同学带的是羊羹，我从来没有见过这种食品，也是从那时认识了它，是把红小豆熬成泥后加糖定型而成，长方形，用漂亮的透明糖纸包装。 他们报着小口吃，空气中散发着浓郁的豆香。

我的小眼睛偷偷地扫视着这一切，内心里涌出一种自卑，还有更可怜的滋味，就是馋。 真的，那时候我实在是太没出息。 在以后上小学的日子里，我不止一次想起这次春游，想起自己的没出息。 也就是从那时候开始，我努力学习，奋发刻苦，争取考到好成绩。 我知道，我家穷，我没有果子面包，没有羊羹，唯一可以战胜他们的，是学习。

60年过去了，大家都认不出来照片上的我了，大家都记不得当年的事情了，大家都老了。

是啊，小孩子一闪而过的心思，不过像一朵蒲公英随风就飘走了，谁会注意到呢？ 况且，当时大家都是小孩子，在意的都是自己的事情啊。 别人的事情，缅裆裤呀，芝麻酱红糖饼呀，又算什么呢？ 一个孩子的成长也只能靠自己。 馋，每一个小孩子都会有，算不得什么。 但是自卑与懦弱，却需要靠自己，不是屈服于它们，就是打败它们；不是作茧自缚，就是化蛹成蝶。

照片上的我，不知是自卑，躲在最边的位置上；还是同学对我无意的冷漠，把我挤在那里。 一切在不经意之间都有命定的缘分。 重看照片上 60 年前的我，我没有自惭形秽，只是，我没有告诉大家那个孩子是我。

谁能保留 66 年前的贺年片

在新浪博客上偶然看到一则文章，是汇文中学一位叫李守圣的学长回忆王瑷东老师。因为王老师也是我所敬重的中学老师，所以我格外关注这则文章。李守圣是 1954 年考入汇文中学读初一，那一年，王老师 24 岁，刚刚当老师不久，青春芳华，热情满满。

文章中写到这样一件事，给我印象很深，让我格外感喟。这一年开学不久，王老师骑着她那辆"二八"男式自行车穿街走巷，到全班 57 个同学家中进行了家访。这一年除夕前，王老师用她的工资买了 57 张贺年片，邮寄到每一个同学的家中。

66 年过去了，李守圣学长还保留着王老师寄给他的这张贺年片。上面写着"送给守圣同学"，还印着王老师的一枚红红的印章，显得那么正式，像大人送给大人的一件礼物。想如今我们不少老师都是大把大把地接受学生送来的贺年卡，以及比之更为贵重的礼物，我不禁哑然，不知今夕何夕。

贺年片上面印着一幅画：天空下着霏霏细雨，一个男同学背着一个病着或是伤着的同学，走在泥泞的乡间山路上。背上的男同学手里打着伞，前面坡下的一个女同学怕他们滑倒，伸着手在接应。这张画我小时候曾经见过，贴在很多人家中的墙上，是那个年代常见的风格。写实的画风、扑满纸面的氤氲温馨的调子，如那时舒缓的丝竹弦乐。

是的，我猜得出，王老师是想传递贺年片上这样温暖的友情。这种温暖如音乐般荡漾在李守圣的心头。因为那时候，12 岁的李守圣全家 5 口人挤在一间只有 9 平方米的小屋里艰辛度日。王老师特意选了这张贺年片是想告诉他，有来自同学和老师温暖的友情，会帮助他渡过生活拮据的难关。

让我感动的是，12 岁的李守圣敏感地感知到王老师的这一份无言的感情，这张贺年片便有了生命和情感的回响。它经过王老师的手，带有了温度，像一朵花在李守圣的手里盛开，而且，奇迹般，这朵花竟然一直开放了 66 年而没有凋零。

我在博客上看到李守圣晒出的这张贺年片的照片，真的感觉它像是一朵颜色古朴敦厚的花，不惹尘埃，不为争春，只为李守圣一个人默默地开放。

让我感动的，还在于李守圣竟然把这张普通的贺年片保存了整整 66 年。凡是和李守圣一样曾经经历过这 66 年岁月的一代人，都能够体会得到这 66 年的风风雨雨、坎坎坷坷、辗转跌宕、荣枯浮沉，能将一件东西保存下来是多么不容易。也可以想象，在 66 年的动荡之中，光是搬家该有多少回，无意或有意丢掉的东西肯定会比保留下来的要多得多。况且，它只是一纸薄薄的贺年片，不是一件祖传的古瓷或一帧古画。

但是，对于价格与价值的认知却是因人而异的。在李守圣的心里，价格肯定并不等同于价值。在尘埃弥漫之处，在游思四起之处，在乱花迷眼之处，能够看到一线微茫之光神性般地闪烁，如此，他才会把这张看似普通的贺年片珍存66年。可以想象，王老师的这一点关怀，让12岁少年幼小的心温暖、舒展并坚强起来，让他知道"艰难困苦，玉汝于成"。在一个孩子的成长路上，往往一件看似不起眼的小事却如同划出的一道银河，帮助孩子来到一个新的天地。事实上，李守圣没有辜负王老师，中学毕业以优异的成绩考取了哈尔滨军工大学。

这张贺年片也让我感慨。66年前，王老师曾经给全班57名同学每一个人都寄去了一张贺年片。我不知道，如今除了李守圣保存着一张贺年片，还有多少人保存着他们手中曾有过的贺年片？我不敢说李守圣的那一张贺年片是仅存的一张，但我敢说，起码大多数人已经拿不出来这张贺年片了。

这样的揣测不是要责备什么人，因为我同时在想，如果我是他们全班的57名同学之一，我会保存着那张贺年片吗？真的非常惭愧，因为我不敢保证，而且我想，大半我早已经把它丢掉了。尽管我可以为自己找出种种理由，我们不可能事无巨细把所有的东西都保留下来，但事实是我把它丢掉了，丢在遗忘的风中。

保存一张贺年片看起来是多么容易，多么简单。它又不是什么大件的东西，需要占地方，需要你费劲儿地搬动，它只是薄薄的一张纸，夹在一本书中就可以了。很多事情当时只道是寻常，但真的要你有心去做到，就不那么寻常了。即使让你重新活一次，恐怕你依然如故，还是会把一张贺年片随手抛掷。因为那毕竟不是一张大额存单，可以让你有心理预期，到66年之后兑现。

李守圣却做到了。他把一张普通的贺年片保存到66年之后，兑现的是他和王老师彼此的真情，让他们相互感动、感知、感叹，让他们彼此相信，真挚而纯粹的感情并没有完全风化成一块千疮百孔的搓脚石，还可以是一池没有被污染的清泉水。

好老师也得有好学生，就像好乐手也得有好知音。李守圣和王老师是高山流水的知音。放翁曾有这样一联诗："古琴蛇蚹评无价，宝剑鱼肠托有灵。"用"宝剑鱼肠"形容他们也许不合适，但是，"古琴蛇蚹"形容他们这一段轶事正合适。李守圣和王老师的师生友情就是那古琴蛇蚹，无字而有韵，保存着少年李守圣和王老师青春的美好，让他们可以"一弦一柱思华年"。能够为这一份友情出示证言的，便是这张贺年片。这张保存了66年的贺年片便有了灵性，有了情意，有了生命；也让逝去的这66年光阴，有了值得回忆和回味的绵长滋味。不是我们每一个人都有这样一件普通却又无价的东西，能够保留66年之久的。

颐和园的小姑娘

六一儿童节的黄昏，我坐在颐和园的长廊里写生。我在画停泊在排云殿前的画舫时，忽然听到身边有个脆生生的声音："爷爷，您画的这个龙船还真像！"我转过头来，看见一个小姑娘不知什么时候坐在我的身边，大概一直等我把这艘她说的龙船画完，才忍不住夸奖了我。

我觉得她的口气像老师在鼓励学生，故意问她："你真的觉得像吗？"她拧着脖子，很认真地说："真的，就跟我们课本里印的画一样！"

这话说得更像老师在鼓励学生了。我特意打量了一下她，一身连衣裙、一双塑料凉鞋都有些脏兮兮的，脚上的丝袜明显有些大，像是母亲穿过的。因为她有点儿外地口音，我问她是哪里人，她告诉我她是河南泌阳的。泌阳？我没有听说过这个地方，问她泌字怎么写。她很得意地在我的画本上写了个"泌"字，又补充告诉我，泌阳属于驻马店地区。

我以为她是随父母来旅游的，便问她是跟谁来颐和园玩的，她又一拧脖子说："我和我弟弟。"

我有些奇怪，问她："就你们两个孩子，从河南来北京？你才上小学几年级呀？"她说："我上四年级，可我就住在北京。我家离颐和园很近，走路十多分钟就到了。我和弟弟常到这里来玩。今天不是六一节放假吗？上午我们都玩半天了，中午回家吃完饭，下午又来了。"

我问她："中午谁做饭？"她一扬下巴："我呀！"

我又问："你会做什么？""西红柿炒鸡蛋，煮面条，我都会。"她答。

我猜出来了，她是跟随打工的父母一起从河南来北京的，而且来的时间不短，河南话里已经有明显的北京味儿了。并不是我有意问她，是我在画长廊和排云殿相接处的一角飞檐的时候，随便问她长廊附近有没有卖冰棍的。她看着我的画头也没抬，说："有也别买，这里卖的都贵，要买就到外面买去。我妈就是卖冰棍的。"

然后，她指着画上我画的松针问我："这画的什么？"

我说："是松针。"

"不像吧。您还没画完，画完就像了。"她挺会安慰人，像个小大人。

我不知道如今在北京打工的外地人有多少，他们的子女到北京来上学的又有多少。我们都管这个小姑娘的父母这样的人叫"农民工"，这是个改革开放以来出现的新名词。这个偏正词组让他们一脚踩着两条河流，却又哪一头都靠不上。他们已经不是传统意义上的农民，早就脱离了土地而进入了城市，工作在城市，生活在城市，按理说，他们已经无可辩驳地成了城市有机的一分子。由于城乡二元的社会结构、户籍制度等一系列制度与政策，他们又不是城市人，他们的身份认同处在一种尴尬和焦虑的位置上。 作为城市里出现的第一代和第二代农民工，他们最终的归宿还是要落叶归根，回到家乡农村去的。 但是，他们的孩子，特别是一天天在城市里长大的孩子，对于农村的印象和归属感没有父母那样强，城市生活的影响和诱惑又会使得他们不可能如父母一样，只是把城市当成打工的漂泊之地。 他们更愿意成为城里人，从他们的打扮、饮食和爱好中已经越发显示出趋光性一般向城市靠拢的天性。 但是，城市并没有完全接纳他们，首先，没有城市户口便如一道石门，令他们无法进入真正能够通往城市的道路。 读小学还可以借读，高考就要被打回老家。 他们成了中国城市中第一代边缘人，他们是无根的一代。

我想起曾经来过北京的诺贝尔经济学奖获得者丹尼尔·麦克法登说过的话：“如果向贵国领导人提建议，我会建议他关注农民工下一代的教育问题。”望着我身边的这个小姑娘，我想，颐和园可以让她这样的农民工的孩子与北京的孩子共有，学校也应该让她和北京的孩子一样共有。 这应该是起码的公平，是解决农民工下一代教育问题的前提。

“爷爷，您怎么不画了呀？”我有些走神，停下了画笔，她在催促我。 我对她说：“太阳快落山了，你弟弟呢？ 你怎么不去找你弟弟，得回家了。”

她一拧脖子，说：“我才不找他呢！ 我们总打架，我得等他来找我！”

我问她：“你弟弟几岁了？ 你不怕他找不到你？”

“我弟弟比我小一岁，我们常在这里玩，这里他可熟了，不会找不到我的。"

弟弟不知还在哪里疯跑，姐姐还在长廊里等着我把飞檐画完。 他们的母亲不知在哪里卖冰棍，晚饭还是要她来做吗?

暮色四垂，昆明湖的色彩暗了下来，那艘龙船不知什么时候开走了。

四年级的小姑娘

　　在南方一座偏远的小县城，我遇见了一位小姑娘。 那天上午，我在他们的学校操场上做了一次公益讲座，面对的是四、五、六年级的学生，足有几百人。 清晨和煦的阳光洒在孩子们稚嫩的脸上，让我感到生命的循环。 因为 60 年前，我也曾经这样搬来小马扎，坐在操场上，听陌生人耳提面命地讲课。

　　讲完之后，我走下操场的领操台，立刻围上来好多学生。 他们的语文课本里有我写的《那片绿绿的爬山虎》《荔枝》《母亲》等文章，这一下子让我们显得熟悉和亲切起来。 文字的力量在那一瞬间使得心和心那么容易相撞。

　　我快要走出操场时，发现身旁一直跟着一位小姑娘。 她手里拿着一本书，站在我的右边，不说话，就那么紧紧地跟着。 我站住脚，侧过身看了看她，一个小巧玲珑的长得很漂亮的小姑娘。 她扬着秀气的脸庞对我笑着，那笑容里没有一点儿杂质，如同眼前明澈如水的阳光。

　　她看我望着她，忽然问我："肖爷爷，你还来我们学校吗？"一下子，我不知该怎么回答她。 这样偏远的地方，我再一次来的机会几乎为零。 但是，对这样一位可爱的、对我充满着真诚期待的小姑娘，我怎么好意思把这样的话说出口呢？ 我违心地对她说："会来的，马上。"

我为自己的谎话脸红。 为了遮掩我的尴尬，我转移话题问她："你读几年级了？"她告诉我她读四年级。 她虽然是南方人，普通话却说得非常好，甜甜的，是只有这样的年纪才会有的可爱的声音。

我像老师和家长一样俗气地又问她："学习好吗？"她说："学习挺好的。"我的担心是多余的，以前总认为女孩子长得好看的，容易学习成绩差。 这个漂亮小姑娘的学习成绩却一点儿也不差。 我冲一起跟我来的朋友喊道："这个小姑娘一直跟着我，快给我们照张相！"

照相机的镜头对准我们，我刚搂上小姑娘的肩膀，呼啦啦涌上来一群孩子，呼喊着："我也要照！"

就这样，热情的孩子们把我一直送到学校的大门口，隔着铁栏杆向我挥着手。 我走出校门老远，回过头来，看见孩子们还在栏杆前挥着手。 我想找那位小姑娘，可惜我没有找到。 就在我转身向前走去的时候，忽然看见她站在离校门口很远的围墙的台阶上，探出小脑袋来向我招手。 一个多么可爱的小姑娘！

晚上，我在县城的新华书店里参加读者见面会，很多在书店里买到我新书的读者过来找我签名，居然排起了长队，让我有一种虚荣的成就感。 我没有想到，排队的人群中，有清晨我见到的那位小姑娘。 她走到我的面前，我才看到她。 她拿出一本书，笑着对我说："肖爷爷，上午我就拿着书，您一直也没有给我签名。"

我拿过她递在我手里的那本书，是《母亲和莫扎特》，淡紫色的封面上开着淡紫色的牡丹花。 这本书是早些时候出版的，里面的篇章写的全部是关于母亲的，也有她语文课本里学过的《荔枝》和《母亲》。

签好名后，我问她："你家离书店远吗？ 怎么大晚上一个人跑过来了？"她刚告诉我她家就住在附近，后面的人群就把她挤到一旁。 我挤开攒动的人头想找到她，但人群中已经没有了她的踪影。

　　签名结束，我走出书店，一眼就看见了小姑娘站在门口。 她是在专门等我吗？ 我忽然有些好奇，也有些感动。 我走到她的身边，用手轻轻地抚摸了一下她的头，跟她说了声再见。 转身离开的时候，她一把拉住我的胳膊，悄悄地对我说了句："肖爷爷，我能抱你一下吗？"我伸出双臂把她搂在怀里。 我发现，她竟然流下了眼泪。 然后，她从衣袋里掏出一张从作业本里撕下的纸，对我说了句："肖爷爷，我给您写了一封信。"

　　这封信，我把它带回了北京。 在信里，她告诉我，她和我一样，在她很小的时候，她的母亲就病逝了。 所以，她很喜欢读我的那本书里面写关于母亲的文章。 那些文章让她想起自己的母亲，也想象着我的样子。 不知为什么，看着她的这封充满稚气又真挚的信，我的眼睛湿润了。

　　如今，我离她那么天遥地远，可我总会想起她。 想象着有一天她到北京，或者我重返她的校园，再一次见到这位可爱的小姑娘。 我不知道这是不是一个梦。

新年之叶

　　入冬的几场雨后，树上的叶子几乎落光了。 地上铺满树叶，五颜六色，像铺上了一层彩色的地毯。 每天下午放学，高高从校车上跳下来，见到我的第一句话就是："爷爷，咱们找树叶去吧！"我们便先不回家，而是沿着落叶缤纷的小路找树叶。

　　他是想找树叶，让我帮助他一起做手工。

　　秋末时分，枝头上的树叶或金黄，或火红，在秋风的吹拂下，是那样灿烂炫目。 将枫叶拿在手中，枫叶近在眼前时，我才发现由于距离的变化，同样都是枫树，却有三角枫、五角枫和七角枫的区别。 而且，不同的枫叶像活了一般伸出不同的触角，那红色的叶脉弯弯曲曲像是有血液在流动。 不同流向的叶脉让叶子的触角有了不同的弧度，那弧度像是舞蹈演员柔软而变幻无穷的手臂，富有韵律，让我们充满想象，便也成为做手工的最佳选择。

　　我和高高捡了好多这样红色和黄色的枫叶，回到家里，铺满一桌子。 我们找出合适的叶子，用它们做成一只"金孔雀"和一只"红孔雀"。 连我自己都惊讶，那一片片枫叶怎么那么像孔雀开屏时漂亮的羽毛呢？ 好像它们就是特意落在地上，等着我们弯腰拾起。 高高更是高兴地拍起小手叫了起来。 没有想到小小的树叶摇身一变，竟然可以显现出这样神奇的效果。

高高对我说："鱼最好做！"没错，只要找好一片叶子，不管圆的也好，长的也好，都可以做成鱼的身子；再找一片小点儿的叶子，最好是分叉的，比如三角枫，就可以做成鱼的尾巴。只要有了这样两片叶子，一条鱼就算做成了。

那些槭树和石楠的叶子呈椭圆形，粗看起来大同小异，细看却大有玄机。石楠叶小，槭树叶大。石楠叶薄，薄得几乎透明，红红的颜色像是被过滤了一样，像淡淡的胭脂似的，可以随风起舞蹁跹。槭树叶厚，又有光亮的釉色，像穿着盔甲的武士，靠近它似乎能够听到它曾经挂在树枝上时吹来的风声雨声。

槭树叶和石楠叶最好找，几乎遍地都是。我和高高常常会如进山寻宝的人，总有些贪婪，弯腰拾起了这片，又抬头看见了那片，捧在手里一大捧，反复权衡，恋恋不舍，好像它们都是我们的至爱亲朋。我和高高一起用不同的槭树叶做成了不同形状的鱼，有圆圆的、长长的、扁扁的，再用绿色的树叶剪成水草，贴在它们的旁边，看起来就像鱼在水里面尽情地游动。

当然，这些落叶和枝头上的叶子相比，色彩也不一样了。别看落叶没有了在枝头连成一片的金黄和火红耀眼的阵势，但落叶也不像落花一样，顷刻被辗转成泥，溃不成军。落叶区别于树上叶子的重要之处，在于树上连成一片的金黄和火红，让所有的叶子变成了一种颜色，淹没在相同的色彩之中。落叶散落在草丛中、灌木间或泥土里，却是色彩不尽相同，彰显出每一片叶子舒展的个性，甚至色彩渗进叶脉，都让我们看得触目惊心，也赏心悦目。

同样是杜梨树上落下的叶子，经霜和雨水反复打湿后，每一片叶子上的红色已经相同，那种沁入红色深处的黑色光晕、浸淫红色四周的褐色斑点，像磨出的铁锈、溅上的眼泪似的，似乎让每一片落叶都有了专属于自己的童话故事，更让每一片落叶本身都成为一幅绝妙而无法复制的图画。 杜梨叶由于厚实，叶面上有一层釉色，显得很是油亮，每一片落叶都像一幅精致的油画小品。 那些随心所欲又富有才华的大色块的渲染，毕加索未见得能够胜上一筹。

我常会捡到一片好看的杜梨叶子，便招呼高高过来看。 高高也特别注意看那些落满一地的杜梨叶子，如果看到一片特别奇特的叶子，他也会高声叫我：“爷爷，快来看呀，这儿有一片不一样的叶子！”

有好多天，我们两人都钟情于杜梨叶。 路两旁有好多杜梨树，落下的叶子成堆。 我们常常在地上仔细寻找，不放过任何一片闯入眼帘的叶子。 常常会有美丽的邂逅让我们赏心悦目，便常常会听见高高的大呼小叫：“爷爷，快看，我又看见一片好看的树叶！”

这片最好看、最别致的杜梨叶竟然是黑色的。 那种黑油亮油亮的，叶子边缘有一层浅浅的灰色，像黑色的火焰燃尽之后吐出的一抹余韵，像淡出画面之外的空镜头里的远天远水，充满想象的韵味。

我问高高：“你见过这样黑色的树叶吗？”

他摇摇头，说：“没见过。”

我对他说：“爷爷也没见过。”

我们用杜梨叶做的热带鱼或大公鸡让不同色彩的杜梨叶尽显各自的

英雄本色，让不同的红色交织成一曲红色的交响曲。

我们用三片红红的树叶做成鸵鸟的身子，剪了一半的叶子做成鸵鸟的脖子，另外两片叶子做成鸵鸟的两条大长腿。

高高又用不同形状和颜色的树叶做成一棵"五彩树"。这五彩树的名字是他自己起的；树叶是他自己捡的，自己挑的，自己贴上去的。

树叶手工越做越多，摆满一桌子。高高问我："爷爷，您最喜欢哪个？"

我说："我喜欢这个小丑。"你们看，这个小丑做得多有趣呀！黄色的叶子成了他的脸，三角枫叶子做他的帽子，五角枫叶子做他的裙子，那两片带刺的绿叶子，你们看像不像他穿的灯笼裤？那片小小的三角形的绿叶做他的领带，多扎眼呀！最有意思的是，还有一个被小丑抛在半空中的红苹果。他像不像正在演杂耍？

那个红苹果是用一小片杜梨树的叶子做成的，是高高的主意。自然，他也喜欢这个小丑，只不过，这个小丑是我和他一起完成的，高高还是最喜欢他自己独自完成的五彩树。

转眼新年就要到了。老师要求大家准备好送给每一个同学的新年礼物。放学回家，高高问我送什么礼物好。我说送你做的树叶手工多好！其实，他也是这么想的。"只是，全班20多个同学呢！爷爷，您得帮我！"我帮他一起做了鱼、树、花、船……贴在一张张白纸上，用中英文写下了"新年快乐"的字样。高高想象着把它们带到学校时，被同学们一抢而光，老师夸奖说这真是别致的新年礼物的场景，心里有说不出的高兴！

这些新年礼物用了高高和我捡来的大多数叶子，只是那片黑色的杜梨叶我们一直没有舍得用。　也不是真的舍不得，只是不知道用在哪里恰到好处。　高高曾经想用它做成一只海龟，它黑亮黑亮的釉色和粗粗的叶脉还真有几分海龟的意思；也曾经想把它一剪两半，做成两条木船，在上面用银杏叶和红枫叶做成它们各自的风帆。　刚上一年级的他还拿不定主意。　另外，要是做好了，他想送给老师，又想送给妈妈。　到底送给谁，他也没有拿定主意。

"四块玉"和"三转桥"

　　"四块玉"是元曲曲牌中的一个名字，也是北京一个胡同的名字。作为一条老胡同，这个名字在明朝就存在了。当初为这条胡同起名字的人，是不是想起了元曲曲牌"四块玉"，也只能是一种揣测和联想了。

　　我对四块玉这条胡同一直充满感情。20世纪90年代，我的儿子上小学四年级。他在光明小学读书，放学回家抄近道，就是走西四块玉胡同。那时候，他刚刚学会骑自行车，骑得正来劲儿，特别愿意在这样弯弯曲曲的胡同里骑车，"游龙戏凤"般地显示自己的车技。一天下午放学，在西四块玉胡同一个拐弯儿的地方，他看见前面走着一位老太太，但他的车已经刹不住了，一下子撞上了老太太。老太太倒没有被撞倒，但她手里提着的一个篮子被撞到地上，篮子里装满的刚刚买来的鸡蛋被撞碎了好几个。

　　儿子下了车，知道自己闯下了祸，心里有些害怕，除了一个劲儿地道歉，不知如何是好。老太太一看是个孩子，便把篮子拾起来，没有责怪他，只是对他笑笑，嘱咐他骑车要小心，就挥挥手让他走了。

　　那一年，儿子11岁。这位老奶奶对他影响至深。以后，对他人需要善意和宽容，让孩子格外在意。每一次走进四块玉胡同，他都会忍不住想起这位老奶奶，而且他不止一次对我说起这位老奶奶。

"三转桥"也是北京的一条老胡同的名字，但没有"四块玉"好听。相传它本有一座汉白玉的转角小桥的，但和四块玉无玉一样，现在的它并没有桥。桥和玉，都只是它们的幻想。

　　三转桥离我读的汇文中学不远。读高三那一年我才学会骑自行车，比儿子晚了8年。有一天中午，我借同学的自行车骑车回家吃午饭。回学校穿过三转桥的时候，我撞上一个小孩，把小孩撞倒在地上。我赶紧下车扶他起来，倒是没有撞伤他，但是孩子的裤子被车刮开了一个大口子，孩子一下子就哭了起来。我忙哄他，问他家住在哪儿，得知就在附近不远，我把孩子送回家。我一路走着，心里沉重得像压着块大石头，毕竟把人家孩子撞倒了，还把人家孩子的裤子刮破了。家里只有孩子年轻的妈妈在，我向她说明情况，一再道歉，听凭发落。她看看孩子，对我说："没事，快上你的学去吧，待会儿我用缝纫机把裤子轧轧就好了！"她说得那么轻巧，一下子就把我心里压着的那块石头搬走了。

　　我和儿子的成长道路上竟然有着这样多的相似。或许，是我们遇到的好人实在太多，让我和儿子都相信，这个世界上尽管沙多金子少，但还是好人多于坏人，善良多于邪恶，宽容多于刻薄。

　　我常想，如果当初那位年轻的母亲不是说了那样轻松的话就把我放走，而是非要让我赔她孩子的裤子的话，会是一种什么样的结果呢？同样，如果当初那位老奶奶，像现在常见的"碰瓷儿"的老人那样倒在地上，非要孩子送她到医院，再找上家长赔一笔钱，又会是一种什么样的结果呢？

孩子对这个世界和这个世界上的人与事的认知和理解，也许就会大不一样了。 这个世界上存在着恶，也存在着善；人和人之间存在着怀疑，也存在着信任。 普通人应该是本能地善多一些，信任多一些，而如今普通人身上的善和信任，却被恶和怀疑挤压得如茯苓夹饼里的馅。 或许对于我们大人，一切都已经见多不怪，但对于一个孩子来说，这样的凡人小事却常常是他们进入这个世界的通道，使他们见识到人生，以为世界和人生就是这样子的。 儿子遇到的这位老奶奶和我遇到的那位年轻的妈妈，使得"让世界充满爱"不再仅仅是一句唱得响亮的歌词，而是如一粒种子，种在了我们的心头。 对于我，已经是 56 年过去了；对于儿子，已经是 31 年过去了；这位老奶奶和这位年轻的妈妈一直没有被我们忘记。 这粒种子发芽、生根、长叶，至今仍在我们的心中郁郁葱葱。

四块玉和三转桥，像古诗里一副美丽的对仗。

面包房

那时，我的孩子小，还没有上小学。晚上，我有时会带着他到长安街玩，顺便去买面包或蛋糕。长安街靠近大北窑路北有家面包房，不大，做的法式面包和黑森林蛋糕非常好吃。关键是，一到晚上 7 点之后，所有的面包和蛋糕，包括气鼓、苹果派、核桃排等很多品种的甜点，一律打 5 折出售，价钱便宜了整整一半。当我和孩子发现了这个秘密后，这家面包房便成了我们常常光顾之地。对于馋嘴的孩子，这里如同游戏厅一样充满诱惑。

那时，常常只剩下一个售货员值班，坚守到把面包和蛋糕都卖出去。这是一个年轻姑娘，顶多二十三四岁的样子，有点儿胖，但圆圆的脸膛、大眼睛，还是挺漂亮的。我们每次去几乎都能够碰见她，孩子总要冲她"阿姨阿姨"叫个不停。"我要买这个！我要买那个！"静静的面包房因为我们的闯入，一下子热闹起来。她站在柜台里，听孩子小鸟闹林一般地叫唤不停，静静望着孩子，目光随着孩子一起在跳跃。

渐渐地，彼此都熟了。我们进门后，她会笑盈盈地对我们说："今天来得巧了，你们爱吃的'黑森林'还有一个没卖出去，等着你们呢！"或者，她会惋惜地对我们说："'黑森林'卖没了，这个巧克力慕斯也不错。要不，你们可以尝尝这个绿茶蛋糕，是新品种。"一般我们都会听从她的建议，尝试新品种，味道确实很不错。 花一半的钱，买双倍的蛋糕或面包，物超所值，还有这样一个和蔼可亲又年轻漂亮的阿姨，孩子更愿意到那里去了。

有时候，我们来得早了点儿，她会用漂亮的兰花指指指墙上的挂钟，对我们说："时间还没到呢！"店面不大，这时候客人很少，有时根本没有，她就让我们在仅有的一对咖啡座上坐一会儿，严守时间。 等到挂钟的时针指向 7 点的时候，她会冲我们叫一声："时间到了！"孩子会像听到发号令一样，先一步蹿上去，跑到柜台前，指着他早就瞄准好的蛋糕和面包，对她说："要这个！"她总是笑吟吟地看着孩子，听着孩子麻雀一样叽叽喳喳地叫个不停，然后用夹子把蛋糕和面包夹进精美的盒子里，用红丝带系好，在最上面打一个蝴蝶结，递到我们的手里，道声"再见"后，望着我们走出面包房。 有一次，她有些羡慕地对我说："这孩子多可爱呀，有个孩子真好！"

面包房伴孩子度过了童年。 在孩子上小学三年级的时候，那一年的暑假，我们去面包房几次都没有见到她。 新的售货员一样很热情。 我们买好蛋糕和面包，走出面包房后，孩子悄悄地问我："怎么那个阿姨不在了呢？ 会不会下岗了呀？"那时，他们班上好几个同学的家长下岗，阴影覆盖在同学之间，孩子不无担心。 面包房里这个好心漂亮的阿姨，是看着他长大的呀！

下一次来买面包的时候，我问新的售货员："原来总值晚班的那个胖乎乎的售货员哪儿去了？ 怎么好长时间没见了？"新售货员告诉我："她呀，生孩子，在家休产假呢！"不是下岗，孩子放心了。 那天，我们多买了一个全麦的面包，里面夹着好多核桃仁，嚼起来很香。

等我再见到她，大半年过去了，孩子已经升入四年级，一个学期都快要结束了。 我对她说："听说你生小孩了，祝贺你呀！"她指着我的孩子说："这才多长时间没见，您看您这孩子都长这么高了！ 什么时候，我那孩子也能长这么大呀！"我开玩笑地对她说："你可千万别惦记着孩子长大，孩子真的长大，你就老喽！"她嘿嘿地笑了起来说："那也希望孩子早点儿长大！"

岁月如流，一转眼，我的孩子到了高考的时候，由于功课忙，很少有时间再和我一起去面包房，偶尔去一趟，仿佛是特意陪我一样。 特别是他考入大学，交了女朋友之后，晚上要去的地方很多，比如图书馆、咖啡馆、电影院、旱冰场、大卖场等，面包房已经如被飞驰的列车掠在后面的一棵树，属于过去的风景了。 只有我常常晚上不由自主地转到长安街，拐进面包房。

这期间，面包房搬了一次家，从东边往西边移了一下，不远，也就几百米的样子，门口装点一新，还有霓虹灯闪耀。 里面稍微大了一些，但还是很局促，不变的是，值晚班的还常常是那个胖乎乎的姑娘。 不过，虽然我总这样叫她姑娘，但其实，她已经变成一位中年妇女了。 没变的是蛋糕和面包的味道，还保持原有的水平，只是价钱悄悄地涨了几次。

有一天，我去面包房，她见我又是一个人来，替我装好蛋糕和面包后问我："您的孩子怎么好长时间没跟您一起来了？"我告诉她孩子上大学了。 她点点头，然后笑着对我说："等再娶了媳妇就忘了爹娘，更不会跟您一起来了呢！"我也跟着一起笑了起来。

　　回家见到孩子后，我把她的话说给孩子听，孩子一下子很感动，对我说："您说咱们不过只是到她那里买打折的面包和蛋糕，这么长时间了，她还能记得我，这阿姨真的不错！"我也这样认为。 世上人来来往往，多如过江之鲫，莫说是萍水相逢了，就是相交很长时间的老朋友，有的都已经淡忘，如烟散去，何况一个面包房里和你毫无关系的姑娘！

　　星期天，孩子专门陪我去了一趟面包房，一进门叫声阿姨。 她抬头一望，禁不住说道："都长这么高了！"又说："你要的'黑森林'今天没有了。"孩子说："没关系，买别的。"然后，他们两个人一个挑蛋糕和面包，一个往盒子里装蛋糕和面包，谁都没再说什么。 但他们彼此望着，很熟悉，很亲近，那一瞬间，仿佛是一家人。 那种感觉是我来面包房那么多次，从来没有过的。

　　有时候，我会奇怪地问自己："一个人，一辈子要走的地方很多，去的场所很多，一个小小的面包房不过是你生活中偶然的邂逅相遇，为什么会让你涌出了这样亲近、亲切又温馨的感觉？"其实，哪怕是一棵树，你与之相识熟了，也会有这样的感觉的，何况是人。 因为熟悉了，又是彼此看着长大，在岁月的年轮里融入了成长的感情，所买和所卖的面包和蛋糕里便也就融入了感情，比巧克力奶油慕斯或起司的味道更浓郁。

　　孩子大学毕业就去了美国留学，孩子出国后，我很少去面包房。 倒不是因为家里缺少了一只馋嘴的猫，少了去面包房的冲动，更主要的是自己也懒了，老猫一样猫在家里，不愿意走动，这其实就是老了的征兆。 那天，如果不是老妻要过本命年的生日，我还想不起去面包房。生日的前一天，我对老妻说："我去面包房买个蛋糕吧！"才想起来，孩子去美国几年，就已经有几年没有去过面包房了。 日子过得这么快，一晃，7 年竟然如水而逝。

那天晚上，北京城难得下起了雪，雪花纷纷扬扬的，把长安街装点得分外妖娆。 老远就能看见面包房门前的霓虹灯在雪花中闪闪烁烁眨着眼睛，走近一看，才发现门脸新装修了一番，门东侧的一面墙打开，成了一面宽敞明亮的落地窗。 走进去一看，今天难得地热闹，竟然有 3 个漂亮年轻的女售货员挤在柜台前，蒜瓣一样紧紧地围着一个二十来岁的姑娘，叽叽喳喳地说得正欢。 扫了一眼，没有找到我熟悉的那个胖乎乎的售货员。 因为去的时间早，还有十来分钟到 7 点，我便坐在一旁，边等边听她们说话。 我听明白了，这个姑娘和我一样，也是等 7 点钟买打折蛋糕的；还听明白了，她是给她的妈妈买生日蛋糕的；又听明白了，她的妈妈就是面包房里那 3 位女售货员的同事。 她们其中的两位是从面包房后面的车间特意跑出来帮姑娘参谋的。 她们让她买蛋糕之后再买几个面包，并对小姑娘说："你妈妈在这里工作了这么多年，都是值晚班卖打折的面包和蛋糕，自己还从来没买过一回呢！ 你得多买点儿！"

7 点钟到了，我走到柜台前，玻璃柜里只有一个黑森林蛋糕，一位售货员对我说："对不起，这个蛋糕已经有主儿了！"她指指身边的姑娘。我说："那当然！"然后，我对姑娘说："你妈妈我认识！"姑娘睁大眼睛，奇怪地问我："您认识我妈？"我肯定地说："当然！"小姑娘更加奇怪地问："您怎么认识的？"我笑着对她说："回家问问你妈妈就知道了！就说一个常常带着孩子来这里买蛋糕和面包的叔叔，祝她生日快乐！"

她还是有些疑惑。也是，几十年的岁月是一点点流淌成的一条河，怎么可能一下子聚集在一个杯子里，让她看得清楚呢？我再次肯定地对她说："你回家和你妈妈一说，你妈妈就会知道的！"

姑娘买好蛋糕和面包，走出面包房，身影消失在风雪之中。我转身问那3个售货员："她的妈妈是不是你们面包房里那个胖乎乎的售货员？"她们都惊讶地点头，问我："您是她以前的老师吧？"我笑而不答。她们告诉我她今年刚刚退休。这回轮到我惊讶了："这么早？她才多大呀！"她们接着说："我们这里50岁退休。"她竟然50岁了！就像她看着我的孩子长大一样，我看着她的青春在面包房里老去，生命的轮回在我们彼此的身上显现，面包房就是最好的见证。

重回土城公园

城墙门口变得很窄，为防止自行车进入，曲形铁栏杆的入口只能容一个人进出。迎面原来是一片地柏，现在已经没有了；右手一侧的土高坡还在，那就是元大都的城墙，土城因此得名。32 年前，我家住在土城旁边，走路两分钟就到。这一道土城如蛇自东向西迤逦而来，上面只有稀疏零落的树木和荆棘，风一刮，暴土扬尘，名副其实的土城。当时四围正在修路，土城公园也在绿化布局。那时候，我的孩子才 4 岁多一点，土城公园成了他的乐园，他几乎天天到那里疯玩。一直到他读小学四年级，全家搬家，他转学，才离开了这片他儿时的乐园。

今年夏天，孩子从美国回来，想去看看他儿时的这片乐园。他自己的孩子都到了当年他最初见到土城公园的年龄，直让人感慨流年暗换之中人生的轮回。

我陪孩子重回土城公园，正是合欢花盛开的时节。记得那时候，进得公园穿过土城，下坡处的一片空地上便栽有好几株合欢花，这是土城公园留给我最深的记忆。合欢花盛开的夏天，我曾经指着开满一片绯红云彩的合欢树，对刚刚读小学的孩子说："这树的叶子像含羞草，到了晚上就闭合，第二天白天又会自己张开。"孩子眨眨眼睛，不信。晚上他一个人从家里悄悄跑来，看到满树那两片穗状的叶子果真闭合了，兴奋异常，像发现了新大陆。

从 11 岁读四年级时转学，孩子已经 26 年没有去过土城公园了，我也 26 年未到过那里。 在孩子的成长过程中，土城公园是浓墨重彩的一笔；对于我，它因对于孩子曾经的重要性而连带成为我人生之书的一页色彩浓郁的插图。

有时候，大人其实很难理解孩子的心。 对于事物的好与坏、高级与低级、好玩与不好玩、平常与不平常、丰富与简陋……孩子的价值标准和家长的并不一样。 孩子大学毕业离开北京到美国读书后，我曾经翻看他写的日记和作文，那里不厌其烦地记述着、诉说着、倾吐着、回忆着、留恋着土城公园那一片他童年的天地。 这令我格外惊讶，没有想到我家楼后面这座普通的土城公园，对于一个小孩子的成长，居然作用如此巨大。 对于一个独生子女，土城公园不仅成为陪伴他玩耍的伙伴，也成为伴随他成长的一位长者或老师，甚至像童话里的魔术师，可以点石成金，往他的衣袋里装满他正渴望的满天星斗。

小时候，我家楼后便是元大都遗址，虽也算是文化古迹，但其实没什么可以游览的，只有一座不高的山坡和树木了。 但那里昆虫特别多，也就成了我的乐园。 童年像梦一样，我的童年是在这大自然中与小动物和昆虫一起度过的。 夏天是我最快乐的时候，因为昆虫在这时候特别多。

雨前捉蜻蜓，午后粘知了，趴在草丛里逮蚂蚱，找来桑叶喂蚕宝宝……最有趣的要算是捉瓢虫了。 我钻进铁栏杆，就来到元大都遗址的后山。 树荫下是一片小草，草尖是青的，草根是绿的，草中夹杂着蒲公英，黄色的小花像米罗随意撒了几点黄。 远远看，就能看见在那绿和黄中间零星的几点红，走近了，看清是瓢虫，像玩魔术一样和我捉迷藏。 蹲下身，睁开眼，啊，它就在身边的花上、草上呢！ 瓢虫的壳大多是红色的，但壳上的星的多少却不同，有一星、二星、七星、二十八星的，星数决定了它们的种类。 小时候，我富于正义感，这片草地就是我伸张正义的舞台。 小心地把瓢虫从草叶上和花中挑出来，仔细地数它们背上的星。 小孩子的心总是更善良，生怕害了"好人"。 如果是二十八星的瓢虫，我就就地处决，攥起小拳头狠狠地说："让你吃小草！"说完，我的心里轻松极了，像做了一件大好事，大快我心。 有一次错害了七星的瓢虫，我心里难过了好几日，发誓下次要再认真数星星。 如果是七星的，我就一只只捉来，攒到一大把，张开手向天空一扔，就像放飞了一颗颗红色太阳。 天便红了，脸也红了。

我便醉了，醉在漫天飞舞的瓢虫之中了……

这是孩子初三时的日记。 说实话，看完之后，我很感动。 只有孩子才会有这种感情，我们大人还能有这种心境吗？ 我会精心去数二十八星的瓢虫然后把它们就地处决吗？ 我能放飞那一只只七星瓢虫而感觉是在放飞一颗颗红太阳吗？ 在孩子童年的那些岁月里，我和孩子其实一样，也天天从那片土城公园走过，我却从未看见过一只瓢虫，自然也就看不见漫天飞舞红太阳的童话世界了。

小时候，家里没什么玩具，更没什么游戏机。和我相伴最多的，也是我最爱的，就是楼后元大都土坡上的树、草和树间、草间的小生命了。或许，小孩子都是爱小动物的，望着、捉着那些小生命，总让我想起普里什文和列那尔写过的关于树林和动物的文字，幻想着身边的这个废弃的小土坡会不会变成文中写的那种样子呢？晚上会不会也"没来由地飘下几片雪花，像是从星星上飘下来的，落在地上，被电灯一照，也像星星一般闪亮"？晚上十点左右，会不会"所有的白睡莲也会个个争奇斗巧，河上的舞会就开始了"呢？……那里不高的山坡、山上那一片浓郁的树林和山下几丛常绿的地柏，以及藏在草丛里的那些小生命，就是我童年全部美好的回忆了。它影响我整个人生的审美情趣和对人生理想的探求方向。我认为我童年美好的一切都在那一片不大的公园、一座不高的山上山下了。

　　这两段日记给我留下很深的印象，在去土城公园的路上，我再一次想起。我和孩子一路都没有说话，不知道他的心里是否也想起了他自己曾经写过的话。只看见他带着他的孩子跑进公园，先爬上了土城墙，像风一样从这头一直跑到了那头，然后从那头走下来。公园里的树木都长高了，长密了，浓荫匝地，将燥热的阳光都挡在外面。偶尔从树叶缝隙晒下来的几缕阳光也变成绿色，如水般轻轻荡漾，显得格外轻柔凉爽。远远地，看着他领着孩子，从浓密的树荫下一步三跳地向我走过来的情景，仿佛走来的是我领着读小学的他。人生场景的似曾相识，在重游故地时会格外凸显，仿佛真的可以昔日重现，却已经是"人事有代谢，往来成古今"。 不过，土城公园确实对于孩子来说不可取代，起到了家里父母和学校老师起不到的作用。 是它让孩子能够听得懂小虫子的语言，看得懂花的舞蹈，嗅得到树木的呼吸，和七星瓢虫对话，幻想着树林中的童话和河上的舞会……

可惜，孩子没有找到他童年最心爱的七星瓢虫，他带着他的孩子在他童年曾经非常熟悉的草丛中仔细寻找了好多遍，都没有找到。

我也没有看到一株合欢树。 公园入门后下坡处那一片空地上没有了。 我沿着公园找了一圈，没有找到。

年轻时去远方漂泊

寒假的时候，儿子从美国发来一封 E-mail，告诉我他要利用这个假期，开车从他所在的北方出发到南方去，并画出了一共要穿越 11 个州的路线图。 刚刚出发的第三天，他在得克萨斯州的首府奥斯汀打来电话，兴奋地对我说，那里有写过《最后一片叶子》的作家欧·亨利的博物馆，而在昨天经过孟菲斯城时，他参谒了摇滚歌星猫王的故居。

我羡慕他，也支持他。 年轻时就应该去远方、去漂泊。 漂泊会让他见识到他没有见到过的东西，让他的人生半径像水一样蔓延得更宽、更远。

我想起有一年初春的深夜，我独自一人在西柏林火车站等候换乘的火车。 寂静的站台上只有寥落的几个候车的人，其中一个像是中国人，我走过去一问，果然是，他是来接人的。 我们闲谈起来，我知道了他是从天津大学毕业到这里学电子专业的留学生。 他说了这样的一句话，虽然已经过去了 10 多年，我依然记忆犹新："我刚到柏林的时候，兜里只剩下了 10 美元。" 就是怀揣着仅仅 10 美元，他也敢于出来闯荡。 我猜想得到他为此所付出的代价，异国他乡，举目无亲，风餐露宿。 漂泊是他的命运，也改变了他的性格。

我也想起我自己，在比儿子还要小的年纪驱车北上，跑到了北大荒。我自然吃了不少的苦，北大荒的"大烟炮儿"一刮，就先给了我一个下马威。天寒地冻，路远心迷，我仿佛已经到了天外，漂泊的心如同断线的风筝，不知会飘落在哪里。但是，它在让我见识到了那么多的痛苦与残酷的同时，也让我触摸到了那么多美好的乡情与故人。而这一切不仅谱就了我当初青春的乐章，也成了我今天难忘的回忆。

没错，年轻时心不安分，不知天高地厚，想入非非，把远方想象得那样好，才敢于外出漂泊。而漂泊不是旅游，肯定是要付出代价的，多品尝一些人生的滋味，绝不是如同冬天坐在暖烘烘的星巴克里啜饮咖啡的那种味道。但是，也只有年轻时才有可能去漂泊，漂泊需要勇气，也需要年轻的身体和想象力。漂泊后便收获了只有在年轻时才能够拥有的收获和以后你年老时的回忆。人的一生，如果真的有什么事情叫作无愧无悔的话，在我看来，就是你的童年有游戏的欢乐，你的青春有漂泊的经历，你的老年有难忘的回忆。

一辈子总是待在舒适的温室里，再是宝鼎香浮、锦衣玉食，也会弱不禁风、消化不良的；一辈子总是离不开家的一步之遥，再是严父慈母、娇妻美妾，也会目光短浅、膝软面薄的。青春时节，更不应该将自己的心锚过早地沉入窄小而琐碎的泥沼里，沉船一样跌倒在温柔之乡，在网络的虚拟中、在甜蜜蜜的小巢中，酿造自己龙须面一样细腻而细长的日子，消耗着自己的生命。这会让自己未老先衰变成一只蜗牛，只能够在雨后的瞬间从沉重的躯壳里探出头来，望一眼灰蒙蒙的天空，便以为天空只是那样大，那样脏兮兮。

青春就应该像是春天里的蒲公英，即使力气单薄、个头又小、还没有能力长出飞天的翅膀，也要借着风力吹向远方；哪怕是飘落在你所不知道的地方，也要去闯一闯未开垦的处女地。 这样，你才会知道世界不再只是一幢好看的玻璃房，你才会看见眼前不再只是一堵堵心墙。 你也才能够品味出，日子不再只是白日里没完没了的堵车和夜晚时没完没了的电视剧以及家里不断升级的鸡吵鹅叫。

意大利尽人皆知的探险家马可·波罗，17 岁就随其父亲和叔叔远行到小亚细亚，21 岁独自一人漂泊整个中国；英国著名的航海家库克船长，21 岁在北海的航程中第一次实现了他野心勃勃的漂泊梦；奥地利的音乐家舒伯特，20 岁那年离开家乡，开始了他在维也纳的贫寒的艺术漂泊；我国的徐霞客，22 岁开始了他历尽艰险的漂泊，行万里路，读万卷书……当然，我还可以举出如今被称为"北漂一族"——那些从外地来北京拼搏奋斗的人们，也都是在年轻的时候开始了他们最初的漂泊。 年轻就是漂泊的资本，是漂泊的通行证，是漂泊的护身符。 而漂泊则是年轻的梦的张扬，是年轻的心的开放，是年轻的处女作的书写。 那么，哪怕那漂泊如同舒伯特的《冬之旅》一样，茫茫一片，天地悠悠，前无来路，后无归途，铺就着未曾料到的艰辛与磨难，也是值得去尝试一下的。

我想起泰戈尔在《新月集》里写过的诗句："只要他肯把他的船借给我，我就给它安装一百只桨，扬起五个或六个或七个布帆来。 我决不把它驾驶到愚蠢的市场上去……我将带我的朋友阿细和我做伴。 我们要快快乐乐地航行于仙人世界里的七个大海和十三条河道。 我将在绝早的晨光里张帆航行。 中午，你正在池塘洗澡的时候，我们将在一个陌生的国王的国土上了。"那么，就把自己放逐一次吧！ 就借来别人的船扬帆出发吧！ 就别到愚蠢的市场去，而先去漂泊远航吧！ 只有年轻时去远方漂泊，才会拥有这样充满泰戈尔童话般的经历和收益，那不仅是他书写在心灵中的诗句，也是镌刻在你生命里的年轮。

第四辑

那盏风中的马灯

搬家记

　　日子过得真快，一转眼，小铁去美国已经 10 年了。 在这 10 年时间里，他搬了 7 次家。

　　他在美国的第一个家是还没有去美国的时候，在北京从网上预定的，跟室友说好一人一间房间，房租一人一半。 室友是他北大的校友，虽然从未谋面，却应该算作他的师哥。 师哥在麦迪逊机场接的他，帮助他把行李搬到家。 他家位于麦迪逊市区，靠近体育场，离他就读的大学很近。 到了那里的时候已经是半夜，小铁发现他的住处是客厅，并不是一个独立的卧室，师哥自己住一间卧室。 到美国的第一夜，小铁失眠了，他心里很不舒服，觉得有些受骗的感觉。 在经济压力的面前，大家都是穷留学生，已经顾不上什么校友关系，面子是赶不上钞票实用的。

　　这件事他一直没有对我讲。 一直到那年我第一次去美国看他，他特意带我去看这间房子，才对我说起往事。 这是个坐落在小山坡上木制的二层小楼，在我们这里要被尊称为独栋别墅。 但是，这一带都是这样的房子，也都大多租给了在附近读书的大学生。 小铁就住在二层，当时正值黄昏，夕阳明亮地辉映在他曾经睡过的窗口。 望着这扇窗口，我想起他来到这里第一次做的饭，是煮面条。 他往锅里放的水不多，却把整整一包面条都扔进锅里，怎么也无法煮熟。 那天，他打电话给家里，问面条应该怎么煮。 一个孩子，只有走出家门，离开父母，才会真正长大。总和父母在一起囚着，是不会长大的。

他告诉我，住进这里没几天，他向室友提出，他愿意多付一些钱，从客厅搬进里面的房间。 很快，他就搬进另一处住所。 那该算作他第二次搬家。 那是学校的公寓，环境幽静，房子也宽敞了许多，每个学生都有自己独立的房间，房间前面是宽敞的草坪，可以在那里打球和烧烤，草坪紧挨着漂亮的湖。 只是这里比他原来的住所远了许多，学校在湖的对岸，每天有班车运送他们往来。

那年看小铁的时候，我也来到这里看过。 湖畔起伏的坡地上，星罗棋布地散落着二层小楼，掩映在枫树和橡树之间。 环境和房间都无可挑剔，就是买东西不大方便，需要下山到几公里以外的超市去。 那时，小铁没有车，只好搭乘一位韩国同学的"现代"一起去超市。 每采购一次，可以对付好长时间的吃用。 老麻烦同学，他心里有些过意不去。第一年春节回家探亲，他对我说起这事，说他想买一辆二手车。 我问他需要多少钱，他说美国的二手车很便宜，一般的车，车况比较好的、跑得年头不长的，5000 美元左右，差一点的只要一两千美元。 他返校后，我给他汇寄了 5000 美元。 他买了一辆丰田佳美，是辆跑了 3 年的旧车，但车况不错，一直开到了现在。

两年后，他开着这辆车从麦迪逊来到芝加哥。 他考入芝加哥大学读博，这是他第三次搬家。 还是事先在网上预定的房子，不过，他多少有了经验，这次找的是学校管理的学生公寓。 那是位于 53 街街边的一个 U 字形的三层楼，有三个大门，每个大门进去，每层楼里有各带厨房和卫生间的 6 个房间，每个房间有二三十平方米不等，分别住着 6 个学生。 小铁买了一个床垫，下面放几块木板，权且住了下来。 虽然木板硌得他浑身难受，却还可以忍受。 他住在二楼临街的一个房间，街对面有一个小广场，是个商业中心。 他的楼下是一家咖啡馆，每天有咖啡的香味飘进窗来，也有震耳欲聋的音乐闯进窗来，那都是停靠在街边的汽车里的音响发出的肆无忌惮的摇滚乐。 有些人开车愿意敞开车窗，让摇滚乐尽情摇荡。 小铁基本白天不在家，即使是晚上也在学校里的图书馆。 但是，有时半夜里也会有车奔驰而过，依然有这样的音乐冲天回荡。 这让爱好摇滚乐的他都有些受不了，他酝酿着再次搬家。

这次他找的还是学校的公寓，隔两条街的 51 街。 因为 53 街有超市，是周围的小中心，所以比较热闹；51 街没这么多店铺，相对清静一些。 这是一处一室一厅的房子，客厅和卧室之间还有一条走廊，几乎比原来的房子大出将近一倍，每月房租却只多 100 美元。 关键是不临街，他可以独享一下清静了。 最有意思的是，他刚刚搬到这里来没几天，下楼看见一套八成新的三人沙发被扔在街上，他捡了回来，正好放在客厅里，来个同学借宿也可以暂时在那里栖身。

总算安定下来，他对我说，再也不搬家了，太累了，所有的家具都是那个韩国同学和他的女友一起帮助他搬的。 最沉的是书，可学生哪能没有书呢？ 一箱子一箱子的书就这样搬来搬去，越搬越多，越搬越沉。 搬家让他感受到生活的沉重和孤独的一面。 如果是在北京，可以有那么多的亲人朋友帮忙，而在异国他乡，只有靠自己。 他说他就像小时候看过的一部日本电影《狐狸的故事》里被老狐狸扔到野外的小狐狸，必须咬牙忍受并顶住面临的一切。

比孤独和沉重更厉害的是漂泊的感觉，他总觉得自己一次次搬家如同迁徙的鸟一样，没有落栖之枝。 在这样漂泊不定的生活中，他的心情和心理常常会出现一些焦躁和焦虑的波动。 我发现了这一点，但我并没有意识到这是一个问题。

我说这是你必须付出的代价。 比起之前那些出国留学的人，你的条件好多了，如果和我年轻时在北大荒艰苦插队相比，就更是天壤之别。可是，这样的说教是难以说服并打动他的。 比起他的前辈和我们这一代来，他成长的时代背景和心理背景都是那样不同，这个不同主要体现为他和他的同学是属于独生子女的特殊一代。

独生子女一代已经长大了，真正成为新的一代。 他们再不是孩子那样天真和可爱，那样笔管条直地听话了。 这样的事实让我有些触目惊心。 如何面对、帮助这样在我国千年历史中独一无二的一代中的孩子？如何与孩子沟通？ 这些问题让我有些准备不足，甚至有些力不从心。

我知道，作为国策，独生子女政策最早始于 20 世纪 70 年代末。 其中最大年龄者，恰恰是小铁这样大的孩子。 30 年过去了，他们很快到了而立之年，新的一代随日子一起长大，成了不可回避且必须正视的现实。 独生子女一代改变了我国的人口结构，由此也使得社会的构架、心理和性格以及流通的血脉同时产生了潜移默化的变动。 更为重要的是，独生子女一代是和社会变革的新时代几乎同步伴生的，是和商业时代一起成长的。 他们和他们的父母一代成长的背景是那么不同，在社会和时代动荡、激烈碰撞的重要转折时刻，他们如种子播撒在了中国新翻耕的土壤中。 命中注定，独生子女一代的成长，在得到得天独厚的优越的生活和教育条件的同时，其自身的心理也容易产生种种新的问题。 这是他们也是他们的父母乃至全社会不可预料的、缺少准备的，却又是必须面对的。

这样，就不仅需要作为家长的我们和孩子进行调试、适应和引导，也需要新的时代和全社会的调试、适应和引导。 偏偏商业社会的到来使得原有的价值体系得以颠覆，他们的上一代正处于摸着石头过河的迷茫和探索之中，代际之间的隔阂与矛盾便由此而越发加深。 由于上一代对独生子女望子成龙的期望值过高，也由于独生子女自身无根感的迷茫与失重，两代人之间会出现种种或深或浅的矛盾、冲突与分裂。 面对独生子女整体一代所出现的心理与性格问题，作为家长的我们确实缺乏足够的应对措施。 所以，人们曾说这是"孩子的青春期遇上了父母的更年期"，是"老革命遇到了新问题"。 应该说，代际矛盾是在每个时代都普遍存在的，但面对中国社会崭新的独生子女一代，却是开天辟地的头一次，其矛盾的深刻和独特可以说是世界独具。 如何化解这种矛盾，解决两代人彼此的心理问题，沟通两代人之间的关系与情感，已经成为刻不容缓的课题。

几次去美国看望小铁的时候，我常常和他进行这样的交流。 有时是争执，有时我会反思自己，也许我并不能真正理解孩子在异国他乡求学的苦处。 他虽然有奖学金，经济上并没有困难，但是在离开家那么遥远的地方，他精神上的痛苦和心理上的苦闷，我无法设身处地想象，也缺少足够的理解。 作为家长，我也许更多的是为他出国留学并在一所不错的大学里读书而骄傲，并因此多出一些虚荣心。

5年之后，小铁开始他的第五次搬家。因为学习和工作的关系，他要在普林斯顿住一段时间。事先，利用假期，他先从芝加哥飞到普林斯顿，在普林斯顿大学的附近看了一圈房子，最后预定下一处。那是一幢独栋的二层小楼，每层住有四户，每户有一室一厅一卫。他选择的是东南角，卧室窗户面南，客厅窗户面东，应该是最好的位置了，可以尽情享受阳光。还有一个宽敞的阳台，阳台前是开阔的草坪和雪松，再前面是一条清澈的小河。这次的环境和居住的条件比在芝加哥强多了。我对他说要知足常乐！

寒假，他开车从芝加哥出发，向普林斯顿进行长途跋涉。这等于从美国的中部向东海岸横穿半个美国。车上塞满了行李和书本。而此时，他在普林斯顿租的房间里还空空如也，什么东西也没有呢。临出发前打电话的时候，我问他连张床都没有，到了那儿睡什么地方。他说带了个充气的气垫床。这个充气床垫是他在美国旅行时常带的东西。说起它，我想起有一次他去纽约玩，住在长岛的同学家，他带去了这个床垫，却忘了带充气口的塞子，就没法用了。我嘱咐他别再忘了带那个塞子。

到达匹兹堡，他住了两天，在那里参观了匹兹堡大学和美术馆。从匹兹堡到普林斯顿大约有6个小时的车程。早晨，离开匹兹堡前，他在网上查到普林斯顿正好有个人要卖一张床，便立刻联系好，到达普林斯顿先去看床。他到达普林斯顿时是黄昏，见到的是位在普林斯顿一家公司工作的非洲女子，公司要派她回非洲分公司工作。 床很不错，小铁当场买下，这位非洲女子把她所有的餐具和灯具一起送给了小铁。 睡觉的问题居然那么容易就解决了，带来的充气床垫没有派上用场。 小铁只是发愁这张大床可怎么运回家，一个瘦弱的非洲女子，手无缚鸡之力，显然帮不了他的忙。

非常巧，那天是当地的搬家日，很多人家都在卖东西。 因为周围居住的大多是在附近公司工作的职员和大学生，他们来自世界各地，流动性很大，卖各种家居用品的很多，小铁很方便地就从一个日本人那里买了一台电视机和一台 DVD 机，又从一个印度人那里买了一个真皮沙发和一张桌子。 包括床在内，这些东西一共花了 1000 多美元，居家过日子的日常用品在一天之内都置办齐全了。 我对他说这比在国内都便宜、方便。

下面他要想办法怎么把这些家伙什儿运回家。 在镇中心吃晚饭的时候，他顺便打听到这里有一家汽车租赁公司，可以专门租大型汽车，按跑的公里数收费。 他找到这家汽车租赁公司。 只是这种没鼻子的大型汽车他从来没开过，他愣是坐上去，看了看仪表盘，一咬牙豁出去了，便也把车开走，把这些家具都运回家了。 如果在家里，一切都需要家里帮忙，但是在美国，现实生活磨炼了他，他必须独自面对一切。 他知道，不会有人帮助他。

晚上他运送家具的时候，普林斯顿下起了雨。 说心里话，我挺担心的，毕竟他头一次开着那么个大家伙，路滑天黑的，我生怕出什么意外。 不过，这种担心起不到一点作用，相反只会增加他的负担，不如把担心变为鼓励，让他鼓足勇气去应对一切意想不到的困难。 对于独生子女，家长容易事无巨细地担心，和事必躬亲地越俎代庖。 有时这不是爱孩子，相反容易让孩子变得弱不禁风，缺乏生活和生存的能力。 我很高兴小铁有能力独自去应对这一切。 我想象着雨刷在车窗前挥洒，车灯穿透雨雾，小铁开着笨重的大车行驶在普林斯顿的林荫道的时候，心里感到孩子真的长大了。

第二年的春天，我再次去美国看望小铁。 有一天，他特意开车带我看他当年搬家时租车的那家汽车租赁公司。 它离普林斯顿的市中心不远，门口停放着几辆大货车，不知哪辆是小铁曾经租过的车。

日子过得飞快，他在普林斯顿度过了整整 5 年的时光。 在这 5 年中，他又搬过一次家，不过不远，是一套两居室，有宽敞的客厅，还有一个阁楼。 他住得宽敞多了，因为他新添了孩子。

我离开美国不久，那年刚入冬，小铁第七次搬家。 他在印第安纳大学教书，全家要搬到布卢明顿大学城。 这一次，他联系好了搬家公司，定好了日期，把家里所有东西，包括车，统统都交给了搬家公司负责，一切都比前几次搬家简单了许多。 谁想到，这时候赶上了纽约州和新泽西州百年不遇的"桑迪"飓风，一下子遭遇停电，所有的店铺关门，搬家公司也联系不上。 眼瞅着搬家的日子到了，眼前却是一抹黑，让人忧心忡忡。 幸运的是，就在搬家日的前一天，电来了，搬家公司联系上了，天也晴了。 一切如约进行，有惊无险，和风暴擦肩而过。

如今，小铁在布卢明顿的新居已经住了两年。 一个夏天，我来这里看他。 新居比以前所有的住处都要宽敞明亮，房前屋后还有开阔的草坪。 有意思的是，好像小铁并没有把这里当成自己最后安营扎寨之地。那天，他请来工人帮他彻底翻修窗户和房顶。 我问他为什么这样兴师动众，他说得修好，要不以后房子不好卖。 才刚刚入住两年，他就想着卖房子了。 不过想想，也很正常。 在美国，工作的流动性很大，搬家成为很多人的常事。 流水不腐，生命就像水一样，在流动中流逝；人生就像水一样，在流动中成长。 真的是所谓岁月如流、人生如流。

小店除夕

2019 年夏天，我们社区里新开了一家小店，主要卖蔬菜水果，兼卖米面油盐。 小店虽小，也算是五脏俱全，方便了社区人家。 己亥年除夕，小店还在开着，要开到下午，专门等那些工作忙碌晚回家的人。 他们可以到这里买需要的东西，尤其是过年包饺子的韭菜。

小店虽然只开了小半年，但天天的往来使店主已经和大家很熟悉，如街里街坊一般亲切。 人们早已经看得门清儿，是从河北乡间来北京打工的一家子经营着这个小店。 父亲和母亲整理果菜，不时地清扫一些挑剔的顾客随手掰下的菜叶，儿子开一辆面包车负责进货，儿媳妇在电子秤前结账收银。 沙场点兵，倒也各在其位，一家人忙忙碌碌，脚不拾闲，把小店弄得井井有条、红红火火。

父母和儿子都是扎嘴的葫芦不大爱说话，儿媳妇爱说，嘴也甜，叔叔阿姨、爷爷奶奶的，叫得很亲。 人们都爱到小店里买东西，省了走路到外面的超市去，像是又回到过去住胡同的时候。 胡同里的副食店（过去我们管这样的小店叫作油盐店）虽然没有现代超市那样繁华，却绝对没有假货、过期货或缺斤少两的情况。 在小店买东西如果忘记带钱或者带的钱不够，完全可以下次再补上；如果是老人，买的东西多，小店的儿子会主动上来帮你扛回家；如果你生病了，下不了楼，出不了门，只要你在微信上告诉他们一声，他们可以送货上门。小店成了大家的菜园、果园、后花园和开心乐园。

除夕这一天，小店开到了下午。然后，他们全家坐儿子开的那辆面包车，回家过年。"两个多小时的路程，只要不耽误除夕夜的饺子和鞭炮就行！"儿媳妇笑吟吟地对来到小店里的客人一遍又一遍重复说着，脸上一遍又一遍绽放出甜美的笑容。

有人给小店送来的"福"字和卡通猪式样的窗花，这一家子都贴在了小店的窗户和房门上。人们说，这是让你们带回家过年贴的。儿媳妇笑着说："现在就是过年了。贴在这里，我们不在，也显得喜庆，让它们替我们看店！"

下午两点多了，小店里剩下的货物还有不少，特别是水果，香蕉、苹果、梨、橙子，还有新鲜的草莓和刚进不到两天的杨桃。如果卖不出去，他们又带不走这么多，这一走，得过了正月十五才回来，水果全都得烂在这里。儿媳妇还在一直笑吟吟地结账收银，和街坊说着过年的话，爹妈的脸色有些发沉，他们心里一定在担心这么多卖不出去的水果都砸在手里可怎么办。

吃过午饭、休息过后的街坊们，专程到小店里买东西的不多，路过这里的不少。他们一看小店还开着门，这一家子还没有回家过年，都走进小店，好奇也关心地看看、问问。自从社区里有了这家小店，这里人来人往、进进出出，热闹得很，也让人们亲近得很。以前买个菜、买个水果，都得跑老远去超市。超市很大，进去了，就淹没在人海里，谁和谁都不认识。有了这家小店，人们出家门抬脚就到，进来都是街坊，相互搭个话，越来越熟悉，越说话越多。 小店成了大家的一个公共客厅，买了菜，买了水果，买了酱油、醋、糖，还交流了好多信息，说了好多家长里短的亲切的话。

儿媳妇见这么多人进来，高声叫喊着："所有的东西都半价处理了！"街坊们都明白了。 油盐酱醋糖，一瓶子一瓶子，一袋子一袋子，放在这里没问题；这些蔬菜和水果，必须得都卖出去，要不就损失了啊！ 那都是钱，都是这一家子辛苦的血汗呀！

于是，不管需要不需要，进来的人，每个人手里都从货架上取下点儿东西。 不一会儿，儿媳妇的电子秤前居然排起了长队。 儿媳妇把东西上秤称好，打出小票递给人们，不忘说句："阿姨，您看看，小票上是不是打上了半价？ 要不是，您告诉我一声。"人们说："不是半价，我们也会买的！"还有人对儿媳妇说："待会儿回家，我会告诉街坊，让大家都来。 你放心，这点儿东西都能卖出去！"

我站在队后，听着这些话，心里很感动。 在这片陌生的社区里，从来没有听到过这样亲切而贴心的话。 普通百姓之间的良善，是温暖彼此的最美好的慰藉。 过去的一年，哪怕有再多的不如意和委屈，这一刻也都随风而去。 一年四季，有这样的一个年要过，真的很好，值得期待。

下午 4 点左右的时候，我专门到小店门口看，货物真的都卖出去了。 这一家正在打扫房子，然后锁上门窗。 他们看见了我，向我挥挥手，鱼贯挤进面包车。 面包车鸣响一声喇叭，扬长而去。 我望着车远去，天边正落日熔金。

大年夜

　　我家住的小区里有家小理发店。 十几年前，我刚住进这个小区时，它就存在。 十多年来，花开花落，世事如风，变迁很大，它依然偏于小区一隅，没有任何变化。 别的理发店都重新装潢了门面，还在门前装上了闪闪发光的旋转灯箱什么的，连名字都改作"美发厅"了。 它依然故我，很朴素，也很有底气地存在着，犹如一株小草，自有风姿，并不理会花的鲜艳和树的参天。 而且，别的理发店里的伙计不知换了几茬儿了，甚至老板都已经易人。 它的伙计一直是那几个，老板也始终是同一个人。 什么事情能够坚持十多年恒定不变，是很不容易的。

　　想说的是去年大年三十的事情。 虽然事情已经过去快一年了，但我印象很深。 每一次去小店理发，我见到老板都忍不住想起这件事情，而且会和他谈起。 他听了总会哈哈大笑，笑声震荡在小店里，让回忆充满暖意和快乐。

　　因为常去那里理发，我和这位老板很熟。 其实，小区里好多人都常去这家小店，图方便，更图老板手艺不错。 大家都知道每年春节前是他生意最好的时候，他会坚持干到大年三十的晚上，一直到送走最后一位客人，才回江西老家过年。 他买好了大年夜最后一班的火车票，他说虽然赶不上吃团圆饺子，但这一天的车票好买，火车上很清静，睡一宿就到家了。

一般我不会挤在年三十晚上去理发，那时候，不是人多，就是他着急要打烊，赶火车回家。但那几天因为有事情耽搁了，我一直到了大年三十的晚上才去他那里理发。时间毕竟晚了，我进门一看，伙计们都下班回家了，客人们也早已经不在，店里只剩下他一人，正弯腰要拔掉所有的电插销，关好水门和煤气的开关，准备关门走人了。见我进门，他抬起身子，热情地和我打过招呼，把拔掉的电插销重新插上，拿过围裙，习惯性地掸了掸理发椅，让我坐下。我有些抱歉地问他会不会耽误他乘火车的时间。他说："没关系，你又不染不烫的，理你的头发不费多少时间的。"

我知道，理我的头发确实很简单，就是剪一下，洗个头，再吹个风，不到半个小时就完活儿了。但毕竟有些晚了，我心里还是有些抱歉。迎来送往的客人多了，理发店的老板都是心理学家，一般都能够看出客人的心思。他也看出我的心思，开玩笑地对我说："怎么我也得送走最后一个客人，这是我们店的服务宗旨。"

就在他刚给我围上围裙的时候，店门被推开了，进来一个女人，急急地问："还能做个头吗？"我和老板都看了看她，30多岁的样子，穿着件墨绿色的呢子大衣，挺时尚的。我心想，居然还有比我来得更晚的。老板对她说："行，你先坐，等会儿！"那女人边脱大衣边说："我一路路过好多家理发店都关门了，看见您家还亮着灯，真是谢天谢地。"

等她坐下来，我替老板隐隐地担忧了起来。因为老板问她头发想怎么做，她说不仅要剪短、拉直，而且关键是还要焗油。 这样一来，没有一个多小时是完不了活儿的。 等她说完这番话，我看见老板刚刚拿起理发剪的手犹豫了一下。

显然，她也看出来了老板这一瞬间的表情，急忙解释，带有几分夸张，也带有几分求情的意思说："求您了。 待会儿我得跟我男朋友一起去见他妈，这是我第一次到他家，而且还是去过年。 虽说丑媳妇早晚得见公婆，但您看我这一头乱鸡窝似的头发，别再吓着我婆婆！"

老板和我都被她逗笑了。 老板对她说："行啦，别因为你的头发过不好年，再把对象给吹了。"

她大笑道："您还真是说对了。 我这么大年纪，也是属于'圣（剩）斗士'了，找这么个婆家不容易。"

我知道时间对于老板来说很紧张，便赶紧向老板学习，愿意成人之美，便让出了座位，对老板说："你赶紧先给这位美女理吧，我不用见婆家，不急。"

她忙推辞说："那怎么好意思！"

我对她说："老板待会儿还得赶火车回家过年。"

她说："那就更不好意思了。"但我抱定了英雄救美的念头，把她拉上了座位，然后准备转身告辞了。

老板一把拉住我说："没您说的那么急，赶得上火车的。 正月不剃头，您今儿不理，要等一个月呢！"

我只好重新坐下，对老板说："那你也先给她理吧，我等等。 要是时间不够，就甭管我了。"

那女人的感谢开始从老板身上转移到我的身上。 我想别给老板添乱了，人家还得赶火车回家过年呢，便想趁老板忙着的时候，侧身走人。 谁知我悄悄拿起外套刚走到门口，老板头也没回却一声把我喝住："别走啊！ 别忘了正月不剃头！"看我又坐下了，他笑着说："您得让我多带一份钱回家过年。"说得我和那女人都笑了起来。

　　老板麻利儿地做完她的头发，让她焕然一新。 都说人靠衣服马靠鞍，其实人主要靠头发抬色呢，尤其是头发能够让女人焕然一新。 但是，时间确实很紧张了，老板招呼我坐上理发椅时，我对他说："不行就算，火车可不等人。"老板却胸有成竹地说："没问题，您比她简单多了，一支烟的工夫就得！"

　　果然，一支烟的工夫，发理完了。 我没有让他洗头和吹风。 帮他拔掉电插销，关好水门和煤气的开关，拿好他的行李，和他一起匆匆走出店门的时候，我看见那个女人正站在门前没几步远的一辆丰田车的旁边，挥着手招呼着老板。

　　我和老板走了过去，她对老板说："上车，我送您上火车站。"看老板有些意外，她笑着说："走吧，车候着您呢。"老板不好意思地说："别耽误了你的事。"她还是笑着说："这时候不堵车，一支烟的工夫就到。"

　　丰田车欢快地跑走了。 小区里，已经有人心急地燃放起了烟花。 烟花绽放在大年夜的夜空，就像突然绽开在我的头顶，挺惊艳的。

床单上的天空和草地

我曾经读过一篇文章，介绍二战期间一位美术老师和她学生的一桩往事。这位老师和她的学生都是犹太人。当时在布拉格，德军入侵后，将他们一起带到集中营关押，每人携带的行李都有重量限制。这位老师宁肯取出自己的一些衣物，也不忘把一张厚厚的床单塞进行李箱。而且，她把床单染成了绿色。即使被关押进集中营，她还要坚持为孩子们上课。课余，她还要像以往一样教孩子们排戏、演戏。这张染成绿色的床单，就是戏中的布景，是戏中的天空或草地。

这则真实的故事让我难忘。大概孩子天生都爱演戏吧。我想起我的儿时，在我居住的大院里，我们一群孩子也曾经在放假的时候乐不可支地排戏、演戏，我们也曾经拥有过那则故事中出现的床单。只不过，我们是把床单挂在两株丁香树之间，当作演出舞台上的幕布。我，还有其他所有的孩子，包括那些比我年纪大的大哥哥大姐姐，没有一个人将床单想象成天空和草地。床单都是我们从家里偷偷拿出来的，各家床单上的图案不尽相同，但没有一张床单上印有天空和草地。即使真的印上了天空和草地，以我们那时的认知水平，也不会想象得到可以将这样的床单当作戏中的天空和草地，我们只是把床单当作虚拟舞台上的幕布。

现在看来，虚拟和想象是有距离的。这距离到底在哪里呢？读完那则真实的故事，我常会为儿时的见识浅陋而惭愧。当时只是觉得演戏好玩，不会往深里想。都说少年不知愁滋味，其实，那只是指在岁月静好的日子里长大的孩子而已。在战争期间，那些从布拉格被驱赶进集中营的孩子，绝对没有跟我们那时一样的心理和生存状态。同样是演戏，我们是在和平的年代，四周没有刺刀和炮火，而他们却时时刻刻都有被送进奥斯维辛集中营的焚尸炉的危险呀（事实上，其中很多孩子和他们的这位老师是被送进奥斯维辛集中营之后死亡的）！同样是演戏，我们是觉得好玩，而他们却是通过演戏，在生命危急时刻燃起最后一点希望。

这一点，正是这位可敬的女老师的心愿。在那些个日日煎熬、时时有被送进奥斯维辛集中营的危险之际，正是因为这位女老师有这样单纯美好而坚定的心愿，才会每晚带着这些孩子爬到楼顶的阁楼上排戏、演戏。她会和孩子们一起把那张染成绿色的床单挂起来，或铺在地上。床单就是天空和草地了，或缀满星星，或开满鲜花。黑暗中的绿色燃烧起绿色的火苗，让孩子对这个残破的世界、对渺茫的未来，还抱有一线希望。这位女老师还带着孩子们在那里画画。他们趴在窗前，看窗外的夜空和远方——那可不是我们现在说得泛滥而时髦的"诗和远方"，而是在战争的苦难中升腾起的对未来并未泯灭的最后一点希望。

每一次想到这里的时候，我都会为这位女老师和这些孩子们而感动。我也曾经是一位老师，我有时会想，如果我面临这位女老师的处境，在被关进集中营之前的匆忙之中，我会想起把家里的床单染成绿色，让床单成为天空和草地，塞进行李箱里吗？在凛凛的刺刀之下，在狰狞的炮火之中，在沉重的压力面前，在临行的慌乱之中，我还能有这样一份到那里之后要带孩子们排戏、演戏的心思吗？ 真的，很惭愧，我恐怕做不到。

我在读罗兰·巴特的《文之悦》一书时，读到其中"梦"的一节，看到他写道："梦是一个未开化的轶事，由完全开化的感觉构织而成。"不知为什么，我再一次想到这位女老师和她的学生们。 我忽然想到，那张被染成绿色的床单，其实就是他们的梦啊！ 这位女老师在心中先有了这样一个"完全开化的感觉"，先织就了这个梦，然后再把这个梦传递给她的学生们，让这个梦在孩子们的心里升腾起来，让这样的梦不仅成为一则轶事，更成为感动我们的一个传奇。

包括这位女老师和孩子们一起排戏、演戏在内的一切艺术，其实都是人类之梦。 这个梦即使再单薄、再弱小、再缥缈，也可以帮助我们抗争战争等世界上的一切灾难，平衡生活的不公等一切痛苦，让我们对这个世界，对我们的生活，抱有可以活下去的信心和勇气。

所以，他们可以将床单变成天空和草地。

而我们童年的床单，只是演戏时的幕布。

在回忆中，我们的床单还是床单，而他们的床单已经成为一种梦境。

胡萝卜花之王

一年前我就见过这个男孩。那时，他总是在布卢明顿市中心的农贸市场里唱歌。这个农贸市场每周六、周日上午开放，附近农场的人来卖菜、卖花、卖水果，很多城里人愿意到这里来买些新鲜的农产品。他总是选择周六的上午站在市场的一角，抱着把吉他唱歌。

那时，每一次见到他，他都在唱鲍勃·迪伦的歌，他对鲍勃·迪伦的歌情有独钟。只是，那年轻俊朗般像是大学生的面孔光滑如水磨石，阳光透过树的枝叶洒在上面，柔和得犹如被一双温柔的手抚摸过的丝绸，没有鲍勃·迪伦的沧桑，尽管他的嗓音有些沙哑，并不像一般年轻人的那样明亮。我心里暗想，或许他喜爱鲍勃·迪伦，但他真的并不适合唱鲍勃·迪伦的歌。他应该唱那种民谣小调，如果他爱唱老歌，保罗·西蒙都会比鲍勃·迪伦合适。

不过，听惯了国内各种"好声音"比赛中的歌手那种声嘶力竭或故作深情的演唱，我感觉他更像是自我应答的吟唱，是很放松、很舒展的，如"啼红密诉，剪绿深盟"的喃喃自语。他不做高山瀑布拼死一搏的飞流宣泄状，而是如溪水一般汩汩流淌，湿润脚下的青草地，也湿润梦想中的远方。他的歌声让我难忘。

今天，他再次出现在我的面前，依然站在布卢明顿的农贸市场上，站在夏日灿烂阳光透射的斑斓绿荫中。 和去年一样，他穿着牛仔裤和一件蓝色的圆领 T 恤，脚上还是穿着高筒磨砂皮牛仔靴，好像只要到了这个季节，他家里家外就一身皮，只有这一套装备。 他的脚下还是那把琴匣，仰面朝天地翻开着，里面已经有人丢下了纸币和硬币。 那一刻，我真的以为时光可以停滞在人生的某一刻，定格在永远的回忆之中，歌声和吉他声只是为那一刻伴奏。

但是，琴匣边的另一个细节立刻告诉我，逝者如斯，一年的时光已经过去了。 人生可以有场景的重合，也可以有故人的重逢，却都已经物是人非了。 那是一叠 CD 唱盘，我蹲下来看，上面有醒目的名字"Blue Cut"。 他已经出唱盘了，每张 5 美金。 我站起身，不禁端详他，发现他比去年胖了不少。 想起去年我还曾经画过他的一张速写，把他的人画矮了些。 他人长得挺高的，去年像一个瘦骆驼，今年已经壮得如一匹高头大马了。

有意思的是，他不只是抱着那把吉他，他的脖颈上还挂着一个铁丝托，上面安放着一把口琴，成了他的吉他的新伙伴，里应外合，此起彼伏。 而且，今年他唱的不是鲍勃·迪伦的歌，而是美国乐队"中性牛奶旅店"的歌。 这支乐队在 20 世纪 90 年代中期成立，后来解散，去年又重新复出，颇受美国年轻人欢迎。 他们的音乐浅吟低唱、迷惘沉郁，洋溢着民谣风，歌词更是充满幻想和想象力，处处是象征和隐喻。 更有意思的是，他前面不远处，站着一个和他一样年轻的姑娘。 这位姑娘身穿一袭藕荷色的连衣裙，一直笑吟吟地望着他唱歌，那目光深情又如熟知的鸟一般，总是在我们几个听众和他之间跳跃，无形中透露出她的秘密。 我猜想，她一定是这个小伙子的女友或恋人。 我想起这支"中性牛奶旅店"曾经唱过的歌："我们把秘密藏在不知道的地方，那个曾经爱过的人你不知道她的名字。"去年他可能不知道她的名字，今年，他知道了。 他的歌声便比有些忧郁的"中性牛奶旅店"多了一些明快。

一年过去了，总会有很多故事发生。 我不禁想起罗大佑的歌："流水它带走光阴的故事，改变了一个人。"不仅是光阴改变了一个人，歌声也改变了一个人，一个人也可以改变自己的歌声。 他唱的歌从鲍勃·迪伦变成了"中性牛奶旅店"，一下子从20世纪的五六十年代飞越到了新世纪。

我们点了一首歌请他唱，是"中性牛奶旅店"的歌《胡萝卜花之王》。 他换下脖颈上挂着的口琴，弯腰向身边的一个袋子，我看见里面装的都是大小不一的口琴，这袋子是他的"武器库"。 除了吉他，今年他的装备多了起来。 他换了一把小一点儿的口琴，开始为我们演唱《胡萝卜花之王》。 这是一首关于爱情和成长的歌，是青春永恒的主题。在口琴和吉他声中，头一段歌词像在显影液中轻轻地洇出来："年轻时你是一个胡萝卜花之王，那时你在树间筑起一座塔，身边缠着神圣的响尾蛇……"他的嗓音还是像以前那样有些沙哑，却显得柔和了许多，像是有一股水流淌过了干涸的沙地，让沙地不仅绽开胡萝卜花，也绽开了星星点点的其他野花，还有他的那座神秘的塔和那条神圣的响尾蛇。

我往琴匣里放上5美金，买了一盘他的《Blue Cut》。 他和那个身穿藕荷色连衣裙的姑娘一起对我说了声"谢谢"。 告别时，我问他是不是印第安纳大学的学生，他点点头说自己是印第安纳大学音乐学院的学生。 我问他学的什么专业，他说是古典音乐，然后不好意思地笑了，他身边的姑娘也笑了起来。 这没什么，古典音乐不妨碍流行音乐，以前"地下丝绒"乐队的卢·里德和约翰·凯尔也是学古典音乐的。

回家的路上，听他的这盘《Blue Cut》。 由于是在录音棚里录制的，所以比在农贸市场听的要清晰好听。 第一首歌，在简单的吉他和口琴伴奏下，他那年轻的声音尽管有些沙哑，却明澈如风、清澈如水。 还有什么比年轻的声音更让人能够在心底里由衷地感动呢？ 一年的时间里，他没有让年轻的脚步停下来，他也没有如我们这里的歌手一样疯狂地拥挤在各种"好声音"的选秀路上，而是选择了这样一条寂寞却清静的路：有课时在音乐学院学习，业余到农贸市场唱歌，有能力时出一张自己的专辑，不妨碍歌声传情捎带脚谈谈恋爱。 只不过一年的时间，却让我看到了青春的脚步、成长的轨迹。 尽管肯定有不少艰难，甚至辛酸，但哪一个人的青春会只是一根甜甘蔗，而不会是一株苦艾草，或一茎五味子，或他唱的那朵胡萝卜花呢？ 想想，倒退半个多世纪，1957年，在一辆黑羚羊牌的破卡车的后座上，他曾经喜爱的鲍勃·迪伦，那时是和他现在一样年轻的年纪，不也是从家乡明尼苏达州的梅萨比矿山穿过印第安纳州，昏沉沉地坐了整整一天一夜的大卡车，去纽约闯荡他的江山吗？ 说青春是用来怀念的，只是那些青春已经逝去的人说的话；青春是用来闯荡的。

车子飞驰在布卢明顿夏日热烈的阳光下。 车载音响里响起《Blue Cut》中的第二首歌，是女声唱的，不用说，一定是一直站在他身边的那位穿藕荷色连衣裙的姑娘。 青春，有艰难相陪，也有爱情相伴。 那是他的胡萝卜之王呢！

我家有好吃的枫糖

玛瑟是个漂亮的美国小姑娘，仅仅19岁。暑假的时候，她和我的儿子一起从美国来北京玩，就住在我家里。她刚刚读大学二年级，学中文，她称我的儿子是她的老师，因为儿子读研究生当助教的时候，教过她的中文课。这是她第一次出国，她选择到中国来，因为她对中国非常感兴趣。

她到我家的第一天，从行李箱里拿出一个小玻璃瓶，里面是褐色黏稠的液体，说是送给我们的礼物。我不知道这是什么东西，瓶子上两个大大的英文单词"MAPLE SYRUP"，我也不认识。她的中文词汇量有限，不知道该翻译成什么意思对我们说才好，只好求助于我的儿子。儿子告诉我们这玩意儿叫枫糖，是一种从枫树汁液里提取出的糖浆。这种汁液非常有趣，只有到了枫树休眠的时候，才会从事先挖好的树的创口里慢慢地流出来。在我想象中，大概和橡胶液的提取方法有些类似。

玛瑟指着瓶子，让我们尝尝。我打开瓶子，看见黏稠的液体有些像蜂蜜。我倒进杯子里一些，刚要喝，儿子拦住我说不能这么喝，要用水冲一下，稀释后再喝。我如法炮制后尝了一小口，甜丝丝的，有树木的清香，更有一种糖稀炒过之后焦煳的味道。

玛瑟问我味道怎么样。她告诉我这枫糖是她家里自己做的。她的父母住在威斯康星州的一个小镇上，两人都是那里的小学老师，退休之后开了一个制作枫糖的小作坊，自产自销，枫糖瓶子上还有他们自己的商标呢。

我说我还真是第一次吃枫糖，尝到这样怪怪的味道。不过，这味道确实很特别、很好吃，而且在北京，绝对没有一个地方能够买到它。玛瑟听完高兴地笑了。

儿子告诉我，这是当地的特产，飞机场的免税商店都卖这种枫糖。美国人爱拿它抹面包吃，或浇在冰激凌上面吃。

第二天，儿子带玛瑟去逛故宫。我查了美国植物学家迈克尔·波伦写的《植物的欲望》一书，才知道枫糖是美国的一种古老的甜味剂。早在 18 世纪之前，当地印第安人就发明了它。当时美国没有糖，甚至连蜂蜜也没有，即使当时在加勒比海地区种植了大量甘蔗，糖对于美国人来说也是享受不到的奢侈品。因此，所有的糖只能用枫糖来代替。有意思的是，三四百年过去了，各式各样的糖名目繁多、"吃不胜吃"，但在美国却依旧保留着这种印第安人制作枫糖的传统，制作的方式都没有任何变化，这让农业时代美好的记忆一直流淌到今天。

由于是第一次吃这玩意儿，新鲜的感觉让全家都跃跃欲试，一小瓶子的枫糖，不到几天就吃下去大半瓶。看到自己带来的礼物大受欢迎，玛瑟非常高兴，她对我说："如果你哪一天去美国，就住在我家。我家周围是一片花园，后面就是森林，那里特别地安静、漂亮，还有……你们中国怎么说？（她想不起来该如何把英文翻译成中文，只好写出，我现查词典，她想说的是蟋蟀）而且，你可以看看我爸爸妈妈是怎么做枫糖的。"

　　玛瑟在我家住了一个星期，然后去天津。 她背着她的那个大背包离开我家之后，我发现在她住的那间屋子里的桌子上放着一个小瓶子，瓶子下面压着一张小纸条。 那瓶子和我们快要吃完的枫糖的瓶子一模一样，瓶子上面也写着"MAPLE SYRUP"。 我猜得出，她一定是看我们都喜欢她带来的枫糖，特意又给我们留下一瓶，也许，这本是她留给自己吃的呢。 那张纸条上歪歪扭扭地写着几个中国字："谢谢你们，希望你们到美国，我家有好吃的枫糖。"

万圣节的南瓜

那一年，我到美国。万圣节前夕，我住的社区家家门前都早早地摆上了南瓜。那南瓜摆得都非常有意思，各家有各家的风格，有的从路边一直摆到门前，仪仗队欢迎客人似的；有的在每个台阶前放一个南瓜，步步登高；有的则左右对称；有的则在南瓜上雕刻上笑脸，做成南瓜灯，迫不及待地迎接节日的到来。

在我看来，世界上许多节日都日渐失去了民俗的本意，而成为一种休闲娱乐的方式。万圣节在美国更成了孩子们的节日。因为这一天，身穿万圣节各式各样服装的孩子们可以兴致勃勃地叩响各家的房门，向那些平常并不熟悉甚至根本不认识的邻居们讨要糖吃。而各家都准备好了各色糖果，等待孩子们到来，一起创造并分享这种欢乐。各家门前的这些南瓜就像圣诞节的圣诞树一样，是节日的象征，只不过圣诞树一般是放在家中，而南瓜则是放在屋外的。于是，南瓜便也就有了节日共享的意味，颇有些像我们春节的花炮，燃放起来，大家都可以看到，共同欢乐。

那一色儿的黄中透红的南瓜，在万圣节前夕是那样明亮，给已经有些寒意的初冬天气带来了暖意。

唯独有一家人家的房前一个南瓜都没有放，这在整个社区显得格外醒目，仿佛一串明亮的珠子，突然在这里断了线，珠子串不起来了。

每天散步路过这家门前的时候，我的心里都有些怅然。 这是一座很大的房子，门前有拱形的院落和左右对称的院门，院门旁各有一株高高的海棠树，连接这两座门的是一座半圆形的花坛。 看院子这样气派的样子，应该是一户殷实的人家，大概不会买不起几个南瓜——在超市，3 个大南瓜只要 10 美金。 我心想要不就是因为忙，一时顾不过来去超市买南瓜。

又几天过去了，马上就到万圣节了，这家门前还是一个南瓜都没有。 门前的海棠树结满红红的小果子，花坛却没有一朵花在开放了。秋风一吹，院落里落满凄清的树叶，也没有人打扫。 我有些奇怪，便向人打听这是怎么回事。 这样的情景和节日不太吻合，和这样气派的房子也不太吻合。

有人告诉我，这家的主人是位医生，不知犯了什么案，被判了刑，关进监狱。 这座房子被银行收走，他的家人只有在这里住一年的权限。我从来没见过这家的女主人，只见过他家有两个男孩子和一个女孩子出入，年龄都不大，两个男孩子像是中学生，女孩子年纪小，大约只上小学。 我心里也就多少明白了：家里缺少了主心骨，大人、孩子过日子的心气也就没有了，再好的房子和院子也就荒芜了。 况且，缺少家庭主要的经济来源，三个正上学的孩子都需要花销，日子过得局促，自然顾不上南瓜了。 我心里不禁替这家人惋惜，尤其是替那三个无辜的孩子惋惜。 大人们做事情的时候，往往忽略了孩子的存在。 若能想想自己的孩子，做坏事的时候也该会让自己的手颤抖一下吧。

那天下午，我的邻居家的后院里忽然响起了锄草机的轰鸣声。 这让我很奇怪，因为邻居锄草的时间很有规律，都是在周末休息的时候。 现在还没有到周末，而且人也没有下班，怎么就有锄草的声响了呢？ 我走到露台上去看，发现是医生那家的两个男孩子在锄草。 他们开来一辆汽车，停在院子前。 我猜想是他们拉来了自己家的锄草机，帮助邻居锄草，挣一点儿辛苦钱。 同时，我也猜想是邻居的好心，让这两个孩子挣点钱去买万圣节的糖果和南瓜。

我的猜想没有错。 黄昏时候，邻居下班，我问了他们。 这是一家印度人，他们腼腆地笑笑，证实了我的猜测。 同时，他们还告诉我，这个社区里很多人都知道他们家的事情，都像他家一样将锄草的活儿交给了这两个读中学的孩子。 他们不愿意以施舍的姿态，那样会伤孩子的自尊心，他们更愿意以这样的方式帮助孩子，让他们感觉自己像成人一样，可以自食其力，可以为家庭分忧，给母亲和小妹妹一点安慰。

果然，第二天，医生这家的门前就摆上了南瓜，是三个硕大无比的南瓜，大概是三个孩子每人挑选了一个中意的南瓜。 每个南瓜上都雕刻了笑脸，在布卢明顿明亮阳光的照耀下，那三张笑脸笑得非常灿烂。

遥远的土豆花

在北大荒，我们队的最西头是菜地，菜地里种的最多的是土豆。 那时，各家不兴自留地，全队的人都得靠这片菜地吃菜。 秋收土豆的时候，各家来人到菜地，一麻袋一麻袋地把土豆扛回家，放进地窖里。 土豆是东北人的看家菜，一冬一春吃的菜大部分靠着它。

土豆在夏天开花。 土豆花不大，也不显眼，要说好看，赶不上扁豆花和倭瓜花。 扁豆花比土豆花鲜艳，紫莹莹的，一串一串的，梦一般串起小星星，随风摇曳，很优雅的样子。 倭瓜花明晃晃的，颜色本身就跳，格外打眼，花盘又大，很是招摇，常常会有蜜蜂在它们周围飞，嗡嗡地，很得意地为它唱歌。

土豆花和它们一比，一下子就落了下风，它实在是太不起眼。 因为队上种的土豆占地最多，被放在菜地的最边上，土地的外面就是一片荒原了。 在半人高的萋萋荒草面前，土豆花就显得更加弱小得微不足道。刚来北大荒那几年，虽然夏天在土豆开花的时候，我常到菜地里帮忙干活，或者到菜地里给知青食堂摘菜，或者来偷吃西红柿和黄瓜，但是我并没有注意过土豆花，甚至还以为土豆是不开花的。

我第一次看到并认识土豆花，是来北大荒三年后的夏天，那时候，我在队上的小学里当老师。

这所小学里除了校长就我一个老师，从一年级到六年级的所有课程都是我和校长两个人负责教。校长负责低年级，我负责高年级。三个年级的学生挤在一个课堂里上课，常常是按下葫芦起了瓢，闹成一团。应该说，我还是一个负责的老师，很喜欢这样一群闹翻天却活泼可爱的孩子。所以，当我有一天发现五年级的一个女孩子一连好多天没有来上课的时候，心里很是惦记。一问，学生们七嘴八舌嚷嚷起来："她爸不让她上学了！"

为什么不来上学呢？在当地，最主要的原因是家里孩子多，生活困难，一般家里就不让女孩子上学，让她们提早干活，分担家里的困难，这些我是知道的。那时候，我的心里充满自以为是的悲天悯人的感情和因年轻涌动的激情，我希望能够帮助这个女孩子说服她的父母，起码让孩子能够多上几年学，便在没有课的一天下午向这个女孩子家走去。

她是我们队菜地老李头的大女儿。她家就住在菜地最边上，是在荒原上开出一片地，用拉禾辫盖起的茅草房。那天下午，老李头的女儿正在菜地里帮她爸爸干活，大老远地就看见我，高声冲我叫着："肖老师！"然后从菜地里跑了过来。看着她的身上粘着草，脚上带着泥，一顶破草帽下的脸膛上挂满汗珠，我心里想，这样的活儿不应是她这样小的年纪的孩子干的呀。

我跟着她走进菜地，找到她爸爸老李头。老李头不善言辞，但很有耐心地听我把劝他女儿继续上学的话砸姜磨蒜地说完，翻来覆去只是对我说："我也是没有办法呀！家里孩子多，她妈妈又有病。我也是没有办法呀！"她的女儿眼巴巴地望着我，又望着他。一肚子的话都倒干净了，我不知道该再说什么好，竟然出师不利。 当地农民强大的生活压力，也许不是我们知青能够想象的，在沉重的生活面前，同情心打不起一点分量。

那天下午，我不知道是怎么和老李头分开的。 一种上场还没打几个回合就落败下场的感觉，让我很有些挫败感。 老李头的女儿一直在后面跟着我，把我送出菜地。 我不敢回头看她，觉得有些对不起她。 她是一个懂事的小姑娘，她上学晚，想想那一年她有十三四岁的样子吧。 走出菜地的时候，她倒是安慰我说："没关系的，肖老师，在菜地里干活也挺好的。 您看，这些土豆开花挺好看的！"

我这才发现，我们刚才走进走出的是土豆地，她身后的那片土豆正在开花。 我也才发现，她头上戴着的那顶破草帽上，围着一圈土豆花编织的花环。 这是我第一次看到土豆花，那么小，小得让人不注意，几乎会忽略掉它们。 淡蓝色的小花，一串串的穗子一样串在一起，一朵朵簇拥在一起，确实挺好看的，但在阳光的炙烤下，花像褪色了一样，有些暗淡。 我望望她，心想她还是个孩子，居然还有心在意土豆花。

土豆花，从那时候起，不知为什么在我的心里有一种忧郁的感觉，让我总也忘记不了。 记得离开北大荒调回北京的那一年夏天，我特意邀上几个朋友到队上的这片土豆地里照了几张照片留念。 但是，照片上根本看不清土豆花，它们实在是太小了。

前些年的夏天，我有机会回北大荒，过七星河，直奔我曾经所在的生产队，我一眼就看见了队上那一片土豆地的土豆正在开花。 已经过去几十年了，土豆地还在队上最边缘的位置上，土豆地外面还是一片萋萋荒草包围的荒原，让人觉得时光在这里定格。

　　唯一变化的是土豆地旁的老李头的茅草房早已经被拆除，队上新盖的房屋整齐地排列在队部前面的大道两旁。一排白杨树高耸入天，摇响巴掌大的树叶，吹来绿色凉爽的风。我打听老李头和他女儿。队上的老人告诉我，老李头还在，但他的女儿已经不在了。我非常惊讶，他女儿的年龄不大呀，怎么这么早就不在了呀？他们告诉我，她嫁人后搬到别的队上住，生下的两个女儿都不争气，不好好上学，老早就退学。一个早早嫁人，一个跟着队上一个男孩跑到外面，也不知去干什么了，再也没有回过家，活活把她给气死了。

　　我去看望老李头，他已经病瘫在炕上，痴呆呆地望着我，没有认出我来。不管别人怎么对他讲，一直到我离开他家，他都没有认出我来。出了他家的房门，我问队上的人："老李头怎么痴呆得这么严重了呀？没去医院瞧瞧吗？"队上的人告诉我："什么痴呆，他闺女死了以后，他一直念叨，当初要是听了肖老师的话，让孩子上学就好了，孩子兴许就不会死了！他好多天前就听说你要来了，他这是不好意思呢！"

　　在土豆地里，我请人帮我拍张照片留念。淡蓝色的、穗状的、细小的土豆花，在这片遥远得几乎到了天边的荒原上的土豆花，多少年来就是这样花开花落，关心它们或者偶尔想起它们的人会有多少呢？

　　世上描写花的诗文多如牛毛，由于见识的浅陋，我没有看过描写过土豆花的。一直到20世纪90年代，看到了东北作家迟子建的短篇小说《亲亲土豆》，才算第一次看到了原来还真的有人对不起眼的土豆花情有独钟。在这篇小说的一开头，迟子建就先声夺人用了那么多好听的词儿描写土豆花，说它"花朵呈穗状，金钟般吊垂着，在星月下泛出迷离的银灰色"。这是我从来没见过的对土豆花如此美丽的描写。想起在北大荒时，我看过土豆花，却没有仔细观察过土豆花，它竟然是开着倒挂金钟般穗状的花朵。在我的印象里，土豆花很小，呈细碎的珠串是真的，但没有如金钟般那样醒目。而且，我们队上的土豆花也不是银灰色的，而是淡蓝色的。现在想一想，虽然说我们队上的土豆花没有迟子建笔下描述得那般漂亮，但颜色却要更好看一些。

让我没有想到的是，迟子建说土豆花有香气，而且这种香气是"来自大地的一股经久不衰的芳菲之气"。说实话，在北大荒的土豆地里被土豆花包围的时候，我是从来没有闻到过土豆花有这样不同凡响的香气的。所有的菜蔬之花都是没有什么香气的，无法和果树的花香相比。

在这篇小说中，种了一辈子土豆的男主人公的老婆和我一样，说她也从来没闻到过土豆花的香气。但是，男主人公却肯定地说："谁说土豆花没香味？它那股香味才特别呢！一般时候闻不到，一经闻到就让人忘不掉。"或许，这是真的。我在土豆地，都是在"一般时候"，没福气等到过土豆花喷香到来的时候。

看到迟子建小说这里的时候，我突然想起了老李头的女儿，她闻得到土豆花的香气吗？她一定会闻得到的。

那盏风中的马灯

那年开春时节，我正在二队的猪号里喂猪，队里小学的校长找到我，说学校里一位老师请假回北京了，好多班上的课没有人教，已经和队上的头头说了，让我代课。 我因此当了一学期的代课老师。

说是小学，其实就是两间用拉禾辫盖起的草房，其格局和当地农民的住房完全一样，只不过把烧柴锅做饭的外间用作了老师的办公室。 说起老师，除了校长，就我一个。 低年级的课由校长教，我要教从四年级到六年级的语文、算术、美术和体育等所有的课程。 这几个年级所有的学生都在一个班，在同一间其实也是唯一的一间教室上课，当地称之为"复式班"。 拳打脚踢，都是我一个人招呼。

面对的不再是一群"猪八戒"，而是一群天真活泼的孩子，我心情大变，犹如开春后翻浆的土地上萌发的一片绿茸茸的青草，我多少有些兴奋。 头一天上课，我早早地来到教室里，望着窗外，等待着学生。我看着他们从绿意蒙蒙的白杨树下蹦蹦跳跳地走来，清晨的阳光透过窗户照亮教室，潮湿的地气也显得湿漉漉的，好闻了许多。

应该说，我是一个不错的老师，学生们很欢迎我的到来，也很喜欢听我讲课。

有一次，六年级算术课讲勾股定理，我带着学生们来到场院。 阳光斜照下的粮囤在地上有一个很长的影子，等到影子和粮囤大约呈45度夹角的时候，我让学生们量量影子的长短，告诉他们影子的长度就是粮囤的高度。这种实物教学让学生感到新奇。

那天放学后，教室里的学生都回家了，只留下一个小姑娘还坐在座位上。我走到她的身旁，问她有什么事情。她站了起来，说："肖老师，今天我们在地上量影子的长短，就可以不用爬到囤顶上去量了。算术挺有意思，我想学算术。"我对她说："好呀，你好好学，上了中学，算术变成了数学，还有好多有意思的课。"她接着问我："如果我学好了算术，是不是以后可以当咱们队上的会计？"我说："当然可以了！"然后，我又对她说："你为什么非在咱们队上当会计呀？你还可以到别处做很多有意思的工作呢！"

说完这些空洞的话之后，她满意地背上书包走了。我知道，她特意留在教室，就是为了问我这个问题的。一个大人看来简单的问题，对于一个六年级的孩子来说却不简单，有时可能会影响她的一生。而一些看似美好的话，其实不过是一个漂亮的肥皂泡。在漫长的人生中，不要说残酷的命运，就是琐碎的日子也会粗粝地将孩提时的梦想磨得灰飞烟灭。那时候，她年龄小，不会懂得，但即便我年龄比她大多了，就懂得了吗？

40多年过去了，我已经忘记了她的名字，只记得她是我们队上车老板的女儿。车老板是山东人，长得人高马大。她随她爸爸，长得比同龄人高半头。在我教她的那一年里，我让她当算术课的科代表。她特别高兴，每天帮我收发作业本，她自己的作业写得非常整洁，算错的题，她都会在作业本上重新做一遍。 我知道，她最大的梦想就是以后当我们队的会计，她对我说过，这样就可以不用像她爸爸那样整天风里来雨里去赶马车了。 她说她爸爸有时候赶马车要赶到富锦县城，来回有100多里地，要是赶上刮"大烟泡"，就更辛苦了。 她说得多么实在，在她纯真的眼光里充满着多么大的向往。 抽象的算术已经变成了一个看得见、摸得着的会计工作，一种每天催促她努力学习的动力。

暑假快结束、等待新学期开学的前一天晚上，我坐在办公室里备课。 房门被推开了，进来的是她，手里提着一盏马灯。 马灯昏黄的灯光把她的身影拉得很长，映在草房的墙上。 我不知道她有什么事情，她读完六年级，小学已经毕业，再开学就应该到我们农场场部的中学读书了。 我还没来得及问，就见她哭了起来，然后她对我说："我爸爸不让我读中学了。 肖老师，您能不能到我家去一趟，跟我爸爸说说，劝我爸爸让我去场部读中学。"

沿着队上那条土路，我跟着她向她家走去。 她在前面带路，手里的马灯一晃一晃的，灯捻被风吹得像一颗不安的心在不住地摇摆。 但那时候，她显得很高兴，心里安定了下来，仿佛只要我去她家，她爸爸就一定会同意她去场部中学读书，她实在是太天真了。 一路走，看着前面马灯灯光下她拉长的身影，像一条灵动的草蛇在夜色中游弋，我对去她家的结果充满担心。

果然，车老板给我倒了一杯用椴树蜜冲的蜂蜜水，然后果断拒绝了我替她颇有些哀婉的求情。 车老板只是指指在炕上滚的三个孩子，便不再说话。 我刚进门的时候还对他说："孩子想读中学，学更多的知识，她想以后当一个会计……"我明白了，他现在不需要一个会计，只需要一个帮手，帮他拉扯起这一个家。

离开车老板家，她提着马灯送我。我说不用了，她说路黑，坚持要送。我拗不过她。一路她不说话，一直到学校。我正想安慰她几句，她忽然扑在我的怀里，嘤嘤地哭了起来。马灯还握在她的手里，在我的身后摇晃着。不知怎么搞的，在那一刻，风把马灯吹灭了。这让我真的有些心惊，她也止住了哭声，只对我说了句："我当不了会计了！"

不知道该如何安慰她，我进房拿出火柴帮她把马灯重新点亮。看着她走远，影子一点点变小，马灯的光在北大荒的黑夜里闪动着，一直到完全被夜色吞没。那一晚，北大荒沉重的夜色一直压在我的心头。我知道，它更会像一块石头一样，沉重地压在她的心头，并且从此再也无法搬开。

大概是因为她扑进我的怀里嘤嘤的哭声，那天夜里在我的耳边久久没有散去，我动了恻隐之心。第二天晚上，我再次来到车老板的家里。她和她爸爸都没有想到我会突然造访，我看见她惊讶又带有一丝喜悦的目光，也看见车老板麻木而不动声色的眼光从我的身上立刻扫向他手中的酒杯。

这一次，我改变了策略，不再动之以情，晓之以理，而是劈头盖脸数落了车老板。我对他说："你太自私了，只想着让女儿替你分担沉重的家务，好让自己活得轻松些，却根本不考虑孩子的前途。这孩子爱学习，成绩又很好，是块学习的材料。你就这样轻而易举地不让她接着读中学了，她一辈子的前途就断送在你的手里了。她长大了以后，不恨你吗？ 你自己不后悔吗？"我接着又说："谁家没有一本难念的经？ 就你家有？ 有经难念，就非得打孩子的主意？ 过去人说，就是砸锅卖铁也要供孩子读书。 你可倒好，让孩子砸锅卖铁帮你干活儿！"我甚至慷慨激昂地对他说："我也可以出点钱，帮助你渡过这暂时的难关……"

这些话，我一路上早就打下了草稿，像在舞台上念台词似的，一泻千里，说得不仅让车老板和他的女儿惊呆了，连我自己都感到诧异。 但我十分痛快，感觉良好，仿佛真的当了一回救世主。

说完这番话，我转身就走，不再停留。 这一番话，雨打芭蕉一般，打得车老板愣愣地待在那儿，大概一辈子也没有人敢对他说这样的话。

我走出屋子的时候，听见他老婆对他说："还不赶紧送送肖老师？"我刚走一会儿，听见背后有人叫我："肖老师！"我回头一看，不是车老板，是车老板的闺女。 她手里提着马灯，一灯如豆，晃晃悠悠的，远远地看去，像是夜风中闪动的一只萤火虫。

她气喘吁吁地跑到我的面前，对我说："我送送您！"

我对她说："不用了，你赶紧回家，看看你爸爸什么反应，要是态度有点变化，你好趁热打铁！"

她却叹口气说："谁知道呢？ 我爸他一根筋！ 我还是送送您，前面的路上有一个大粪坑，天黑，您路不熟，我怕您掉进去！"

她坚持把我送到学校。 一路上，我看她一会儿显得有些轻松的样子，一会儿又心事重重的样子。 我想劝慰她，但一时没有了词，好像要说的话在她家都说干净了。 就这样，我们一直走到了学校草房前，我看着她的身影在马灯的映照下打下一道瘦长的影子。 随着风吹，马灯不停地在晃动，我一时心里五味杂陈。我拍拍她瘦弱的肩头，说："回家吧，有事的话再找我！"

望着她转身回家的背影，望着她手中马灯微弱的灯光消逝在浓重的夜色中，我的心里忽然很沉重。我不知道在她家说的那番话会有什么效果。很有可能只是宣泄了我一时的痛快，满足了我自以为是的感觉，车老板依旧如故，这些空洞话根本打不起一点儿分量，只是像水流进石板地，渗不进一点一滴。

事后好久，我才听说，那天回家路过大粪坑，她掉了进去。我猜想得到，她肯定在走神。

几天过后的一个晚上，车老板急冲冲地跑到学校里找我，说他闺女好几天不吃不喝，病倒在床上。他和他老婆一点儿招儿都没有了，所以想起了我，说是他闺女就听我的话，让我去他家劝劝孩子。

我跟着车老板来到他家。她瘦了一圈，躺在炕上，看见了我，拉着我的手说："我爸他就是一根筋，说什么也不让我上学。不上学，活着还有什么意思？"她说得有气无力，一边说，一边掉下了眼泪。我劝她吃点儿东西，她不吃。最后，我说："你爸刚才都跟我说了，同意你去场部上中学，你干吗还要饿自己的肚子？"她不信，我也不信，我只是心血来潮，随口这么一说，想让她先吃饭再说。她问他爸爸："是真的？"没有想到车老板顺水推舟，还真的点了点头。

暑假过后要开学了，车老板的孩子要去场部中学读书了，离我们二队16里远，要住校。那时，我被调到场部中学教书，和她同路，车老板赶着马车，装上行李，送我们一起去场部中学。一路上，孩子显得非常高兴，车老板却一直一张驴脸拉得老长，一声不吭。 下车的时候，我把他拉到一边，悄悄地塞给他 10 元钱，对他说："钱不多，孩子刚上中学，给孩子买个书包，你没看她的那个书包破成什么样子了吗？"他连说："我怎么能要你的钱呢？ 你一个月才 32 块钱的工资。"我说："要是嫌少你就给我拿回来！ 再有，当着孩子的面，别老耷拉着一张驴脸，有再大的难处，自己咽进肚子里！ 你是她爹，她不是你冤家！"

我还没有到新学校上课，先给车老板上了一课，自我感觉良好地和他告别了。

一别多年，车老板的闺女在场部中学我倒是常见，车老板我再没有见过。 2004 年夏天，我重返北大荒，又回到我们二队，打听车老板和他的女儿。 乡亲们告诉我，车老板一家早就搬走，回山东老家去了，不知道他们的消息。 我又问他是什么时候搬走的，搬走的时候，她闺女从场部中学毕业了没有。 乡亲们告诉我，他们一家是在他闺女初中毕业之后搬走的。 我心里稍稍松了一口气，能坚持到初中毕业，已经很不容易了。 算一算，车老板的女儿如今应该 40 多岁，她自己的孩子也该到了她当初读中学的年龄了。 只是不知道她有没有当成她梦想中的会计。

我教书的那个小学居然还在，一间普通拉禾辫的草房居然能够挺立那么长的时间，比人的寿命都长。 那天晚上，我走到我曾经教的小学教室前。 教室里不再用马灯了，里面电灯明亮。 我的身影映在窗子上，分外明显。 就听一声清脆的声音"肖老师来了"从房里面传出，紧接着，从里面走出来一个小姑娘和她的父亲。 小姑娘和当年车老板的闺女差不多年纪，让我一下子有一种恍然如梦的错觉，好像迎面向我走过来的就是车老板的闺女。

小姑娘的父亲告诉我，他们是来收麦子的麦客，暂时住在这里。小姑娘对我说："早就听说您要来，我学过的语文课本里有您的文章！"然后，她又好奇地问我："他们说以前这里是小学，您就在这里当老师教书，是真的吗？"

那一刻，我忽然有些语塞，因为我有些走神，我想起了车老板的闺女。

北大荒的教育诗

　　我在我们大兴农场的场部中学只教了一年多的书。算起来，我在北大荒的教龄不长，才两年的时间。但是，这两年是我最开心的日子，也是发挥自己的力量最得天独厚的日子。谁也不愿意总想自己走麦城，我常常会怀念这两年的时光。

　　场部中学在场部工程队的后面，是一个四方形的校园，没有围墙，四面都是新盖起来的红砖房子，天然围成了一个开放型的校区。在当时，除了场部办公室，这是最好的房子了。在我们二队还都是拉禾辫的草房，没有一间砖房呢。

　　我就在靠西的那一排房子中的一间教室里，教高二一个班的语文。在这所学校里，我做的最得意的事情，是在班上成立了一个文学小组。可以毫不夸张地说，这不仅是全场部中学第一个也是唯一一个文学小组，而且是我们整个大兴岛的第一个也是唯一一个文学小组。

　　说来有意思，我组织这个文学小组的主要目的，是针对班上的两个学生。

　　一个是男学生。他非常调皮，屁股底下像安上了弹簧，总也坐不住，上课时候经常乱窜、捣乱。我批评他，他坐在靠窗的座位上，不高兴了，翻身一跃，从窗户跳到外面，等你追到教室外的时候，他早跑没影儿了。他这样一闹，全班哈哈大笑，一堂课甭想上安稳了。

一个是女学生。她个子矮小，坐在第一排，特别爱和同桌说话。她就坐在我眼皮子底下，非常扎眼。我恶狠狠地盯着她，或者用课本使劲儿敲她的书桌，甚至点着她的名字，叫她不要再讲话了。她老实那么一小会儿，就憋不住了，又开始麻雀一样叽叽喳喳地讲起话来。也不知道她怎么会有这样多的话，同桌在我的目光下都不再理她，她依然歪着脑袋，撅着朝天椒一样的小辫，还和人家讲话。

下课后，我把她留下来，叫到办公室，问她怎么这样爱讲话，有什么话非要在上课的时候讲个没完没了。她不讲话了，任凭我怎么苦口婆心，或怎么软硬兼施，她都是紧闭着薄嘴唇，一言不发。这非常激我的火，上课的时候，你叽叽喳喳地说个没完，现在你变成扎嘴的葫芦了？那时，我的性子也很偏，心想，今天我还非要撬开你的嘴不成了！可是，她就是双唇紧锁，一言不发，好像是个哑巴。我到现在都清晰地记得，那时是春天，天上下着小雨，雨水顺着房檐滴落，又顺着窗户玻璃滴滴答答滑落，她望着窗外，就是一言不发，好像在专心致志地欣赏那潇潇春雨呢。

天近黄昏了，我非常无奈，觉得自己很失败，只好把她放走了。她连瞅我一眼都没有，一甩朝天椒一样的小辫，转身就跑走了。

可以说，全班同学，我唯独对她的印象不好。说来也怪，第一次收上作文本，我看到她写的作文，却写得很不错。我已经忘记她具体写的什么了，但印象深刻的是，她的爸爸和妈妈一直在外面干活儿，在大兴岛她只是跟着她的爷爷和奶奶生活。回到家，没有人和她说话，她就一个人看书。她很爱看课外书，这一点让我对改造她增添了点儿信心。

　　我得想办法，驯服这头撅腿就蹦的"小毛驴"和这个上课爱讲话、下课不讲话的"朝天椒"。我让这头"小毛驴"当我语文课的科代表，看他挺高兴，收作业、发作业的积极性很高，对语文学习的兴趣也渐渐浓了起来。紧接着，我成立了这个文学小组，让他当文学小组的组长，每次活动的时候负责招呼同学。我希望通过这样的活动趁热打铁，进一步巩固加强他对语文刚刚产生的兴趣，然后树立起他学习的信心。同时，我交给他另一个任务，每次文学小组开展活动的时候，一定拽上那个"朝天椒"参加。

　　我发现当上了这个科代表和小组长之后，他比班上别的干部还要负责，大事小事都是他张罗，拿着鸡毛当令箭，挺像那么回事似的。每次活动，他都准时把"朝天椒"拉来。开始参加小组活动的人有十几个，后来到20多个，全班一半以上的同学都参加了，这不能不说是当时学校的一大新闻。

　　那时没有电视，晚上的文化活动很少，他们并不清楚文学小组究竟是干什么的，只是当成了一种娱乐，无形中让寂寞的夜晚多了一些调剂的内容。

　　文学小组的活动，不外乎读语文课本之外的一些文学作品，然后我讲解一下它们的可读之处在哪里。因为那时是特殊历史时期，我只找到一本李瑛当时新出版的诗集《红花满山》。我从中挑选了一些诗，油印出来给大家看。另外，那时我们的《兵团战士报》有个"北国风光"的文学副刊，常刊登一些知青写的诗歌、散文、小说什么的，我也会拿来给大家读。 有时候，《兵团战士报》上也会刊登我写的一些东西，他们读起来会更来劲儿。 他们东一榔头，西一棒槌，好奇地问我很多问题，即使是风马牛不相及，十分好笑，却也让他们开始对文学感兴趣，觉得又神秘又好玩。

那时，他们年纪小，而我还算得上年轻。 几十年的时间过去了，班上这些同学，我再次见到的很少，只有我的科代表到北京来，见过好几次。 如今，他在法院工作，他的儿子都已经结婚了。 说起往事，他总是比我还要兴致盎然，满眼放光。 他记得最多也最清楚的，是有一天晚上天忽然下起暴雨来，我还是先到教室里来了，但望着窗外的暴雨如注、雷电闪动，心里对这晚上文学小组的活动不抱什么希望了。 这么大的雨，通往学校的路都是泥路，早都陷得坑坑洼洼、泥泞一片，而且没有一盏路灯，黑漆漆的，很吓人。 即使孩子想来，家长也不让来了呀！可是，同学们竟然还是一个个都来了，最早来的是我的科代表。

他对我说，我当时坐在讲台桌上——我想起来了，我是坐在讲台桌上。 当我看到我的科代表披着一件厚厚的军用大雨衣，打着手电筒，出现在教室门口的时候，我高兴得一下子从讲台桌上蹦到了地上。 我看见他穿着一双大号的高筒雨鞋，显然穿的是他爸爸的，那双雨鞋上面的筒口宽大，灌进了雨水。 他脱下雨鞋，往外倒水，水很快洇湿了教室里的泥地面，洇成一片，我笑它像小孩尿炕的地图，他听了咯咯地笑。

没过多大一会儿，同学们都打着伞的打着伞，穿着雨衣的穿着雨衣，陆陆续续地来齐了。 手电筒在暴雨中忽闪忽闪的，让那个夏天暴雨的夜晚充满暖意。

"当时，你对我们说，这暴雨中的手电光就是诗。"我的科代表现在还清晰地记得我当时说的话。 他说得没错，或者说我当时说得没错，那就是诗。 那是属于他们的诗，也是属于我的教育诗。

　　他这么一说，往事一下子迅速复活起来。 那天，文学小组的人都来了，唯独"朝天椒"没有来。 他有些着急，对我说："肖老师，快开讲吧，别等她了！"

　　我说："还是再等一下吧，她应该会来的。"

　　他着急地说："她要来的话早就来了，别等了！"其他同学也这样附和着，催我快讲，别因为她一个人影响大家。

　　我说再等一会儿……正说着，看见她出现在教室的门口，身后跟着她的爷爷。 她爷爷很抱歉地对我说："肖老师，真是对不起。 孩子刚才来学校的半路上，雨下得太大，她跌了一跤，浑身都是泥。 回家换衣服，来得晚了，耽误大家了。"我的科代表愣愣地冲着她说："肖老师一直等着你来才讲课呢，你看你多大的面子呀！"我看着她垂着脑袋，羞怯地走进教室，坐在座位上。

　　我的科代表还对我说了这样一件事："还有一天晚上，场部里演露天电影，就在工程队的院子里，离学校很近，能够从我们教室的窗户里看到那里银幕上的闪动，听见电影里的声音。 那天晚上我们文学小组活动，没有一个同学去看电影，相反，后来我们的活动倒把好多看电影的人吸引了过来，跑到教室里听你讲诗。"

　　这件事情我倒是真忘得一干二净了。 真的吗？ 我有些不相信。

但他肯定地说："保证没有错。我记得特别清楚，那天晚上演的是罗马尼亚的电影《多瑙河之波》。"

许多往事我自己早已经忘记，沉睡在过去的阴影里，往往是别人的回忆把它们唤醒。别人的回忆像光一样照亮它们，也照亮自己的回忆，它们才会这样像鱼一样游来游去，游到我的面前，带来过去年月里水花的湿润、水草的腥味，还有那时的星光月色映照在水面上的粼粼波光。

我真的非常怀念我在学校的那段日子，怀念那个暴雨如注的夜晚，怀念那个演罗马尼亚电影《多瑙河之波》的夜晚，怀念所有那些个不论有星星还是没有星星、有风雪还是没有风雪的夜晚。

如今，当年我教书的那些教室早已经被拆除，新的大兴农场的中学已经是一座漂亮的大楼。在世事沧桑变化之中，大兴岛早已经不是当年的模样，我们二队连同那所小学早已经没有了，被一片麦田和豆地所覆盖。曾经燃烧过我青春岁月的日子，随着地理的变化而变得摇曳多姿，显得那样遥远而不真实。

不知为什么，我还是常常想起我曾经教过书的那两所学校。我常常会想起，开春道路翻浆时学校前面的路口，我守候在那里等待着学生们的到来；我也会想起，夏夜里闪烁在学校门前的那盏北大荒独有的马灯昏黄的灯光和夏天土豆地里那个草帽上插着淡蓝色的土豆花、向我跑过来的小姑娘；我也常常想起那个暴雨如注的夜晚，一盏盏亮在雨雾中的手电筒和放映电影《多瑙河之波》的夜晚我给学生们讲李瑛的《红花满山》的情景……那些个白天，那些个夜晚，总会一一浮现在我眼前，像是春天的地气一样，在遥远的地平线上袅袅地升起来，弥漫在我的身旁，让我想起了那些个夜晚、那些个白天，是那样真实，可触可摸，含温带热。 我甚至能够感受到它们涌动的气息，像春天水泡子里冒出的气泡似的，汩汩地涌到身边，温馨而动人。